JLPT滿分進擊

溫雅珺、楊惠菁、蘇阿亮　編著

新日檢制霸！

N4 文法特訓班

必考文法 ✕ 精闢解析 ✕ JLPT 模擬試題

文法速成週計畫，精準掌握語法，輕鬆通過日檢！

三民書局

序

　　本書因應新制「JLPT 日本語能力試驗」考試範圍，全面修訂各項文法內容，依照難易度、結構特性、使用場合等重新編排，並配合日檢報名起始日至應考當日約 12 週的時間，將全書文法分為 12 個單元，每單元 11 項文法，共計 132 項文法。學習者可以透過章節前方的「Checklist」來確認自己已學習的範圍。

　　每項文法皆詳細標示「意味」、「接続」、「説明」、「例文」，並以「重要」不時提醒該文法使用的注意事項、慣用表現或辨別易混淆的相似文法。另外，各文法的「実戦問題」，皆比照實際日檢考試中，文法考題「文の組み立て」模式編寫。而每單元後方，也設有比照文法考題「文法形式の判断」，所編寫的 15 題「模擬試驗」。全書共計 312 題練習題，使學習者能夠即時檢視學習成效，並熟悉考題形式。

　　現今，在臺灣不論自學亦或是跟班授課，為了自助旅行、留學、工作需求等目標，學習日語的人數年年增多。為此，作為判定日語能力程度指標的「JLPT 日本語能力試驗」也變得更加重要。而本書正是專為想將日語能力提升至初級程度、通過日檢 N4 的人設計，使學習者能夠在 12 週內快速地掌握各項 N4 文法，釐清使用方式，輕鬆制霸日檢考試。

第 1 週

Checklist

- ☐ 1 こんな/そんな/あんな/どんな
- ☐ 2 こう/そう/ああ/どう
- ☐ 3 こ/そ/あ（文脈指示）
- ☐ 4 〜は〜より
- ☐ 5 〜と〜とどちらが〜か
  →〜のほうが
- ☐ 6 〜も/でも
- ☐ 7 〜は〜ほど〜ない
- ☐ 8 〜（の中）で〜が一番〜か
- ☐ 9 〜し、
- ☐ 10 それに〜
- ☐ 11 〜までに

✿ Checklist 文法速成週計畫

學習者可以按照每週編排內容，完整學習 132 項日檢必考文法。各項文法皆有編號，運用「Checklist」可以安排、紀錄每項文法的學習歷程，完全掌握學習進度。

✿ 掌握語意、接續方式、使用說明

完整解說文法架構，深入淺出地說明文法觀念。若該文法具有多種含義時，則分別以①②標示。詳細接續方式請參見「接續符號標記一覽表」。

✿ 多元情境例句，學習實際應用

含有日文標音及中文翻譯，搭配慣用語句，加深對於文法應用上的理解。若該文法具有多種含義時，則分別以①②標示例句用法。

新日檢制霸！**N4**
文法特訓班

16 〜ても（逆接）

意味 即使…也

接續
名詞で
ナ形で
イ形くて
動詞て形
｝＋も

說明

「ても」是接續助詞，文法中稱為「逆接條件」，表示後句的結果不受前句的影響或相互對立。也可用「〜ても〜ても」的方式來表現。依前接的句子可分成下列兩種用法。
①前句為尚未成立的假設時，常和「もし（如果）」、「たとえ（即使）」等表假設的副詞一起使用。
②前句為已成立的事實，後句通常為預想外的結果。

例文

①
◆ たとえ雨が降っても、風が吹いても、試合が行われます。
　即使颳下雨、比賽仍照常舉行。

◆ お金持ちになっても、幸せになれない。
　即使變得有錢人，也無法變得幸福。

◆ A：転校しても、手紙を書くから、僕のことを忘れないで。
　　即使轉學了，我也會寫信給你，所以請不要忘了我。

　B：うん、絶対忘れないから。
　　嗯，我絕對不會忘記你的。

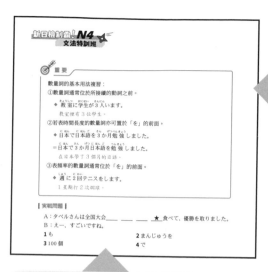

新日檢制霸！**N4**
文法特訓班

重要

數量詞的基本用法複習：
①數量詞通常位於所接續的動詞之前。
　◆ 教室に学生が 3 人います。
　　教室裡有 3 位學生。
②若表時間長度的數量詞亦可置於「を」的前面。
　◆ 日本で日本語を 3 か月勉強しました。
　　＝日本で 3 か月日本語を勉強しました。
　　在日本學了 3 個月的日語。
③表頻率的數量詞通常位於「を」的前面。
　◆ 週に 2 回テニスをします。
　　1 星期打 2 次網球。

[実戦問題]
A：タベルさんは全国大会 ＿＿ ＿＿ ＿★＿ 食べて、優勝を取りました。
B：えー、すごいですね。
1 も　　　　　　　　　2 まんじゅうを
3 100 個　　　　　　　4 で

✦「重要」小專欄，完整補充用法
彙整實際應用注意事項、衍生使用方
式、比較相似文法間的差異，釐清易
混淆的用法。

✦ 模擬試驗，檢視學習成效
使用每回文法模擬日檢，提供「語法
形式判斷」題型，釐清相似語法的使
用，測驗各文法理解度與實際應用。

✦ 實戰問題，確立文法觀念
模擬日檢「語句組織」題型
即學即測，組織文意通順的
句子。解答頁排序方式為：
文法編號→★的正解→題目
全句正確排列序。

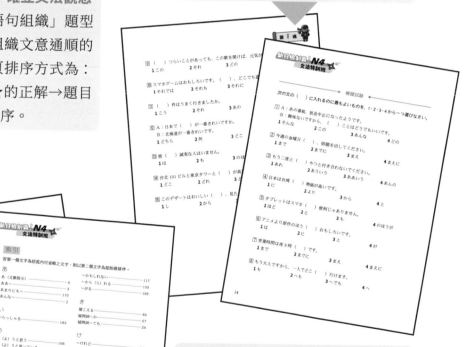

✦ 精選附錄　50 音順排索引
精心編排「動詞變化」、「自動詞・
他動詞」等一覽表，全面複習基礎語
彙。集結全書文法以 50 音順排列，
以利迅速查詢。

「イ形容詞」、「ナ形容詞」與「動詞」會隨接續的詞語不同產生語尾變化,而「名詞」本身無活用變化,但後方接續的「だ・です」等助動詞有活用變化,以下為本書中各文法項目於「接続」所表示的活用變化。

✦ 名詞＋助動詞

接續符號	活用變化	範例
名詞	語幹	今日、本、休み
名詞の	基本形	今日の、本の、休みの
名詞だ	肯定形	今日だ、本だ、休みだ
名詞で	て形	今日で
名詞である	である形	今日である
名詞だった	過去形	今日だった
名詞普通形	普通形	今日だ、今日ではない、 今日だった、今日ではなかった

✦ ナ形容詞

接續符號	活用變化	範例
ナ形	語幹	きれい
ナ形な	基本形	きれいな
ナ形だ	肯定形	きれいだ
ナ形で	て形	きれいで
ナ形である	である形	きれいである
ナ形ではない	否定形	きれいではない
ナ形だった	過去形	きれいだった
ナ形なら	條件形	きれいなら
ナ形普通形	普通形	きれいだ、きれいではない、 きれいだった、きれいではなかった

✦ イ形容詞

接續符號	活用變化	範例
イ形い	語幹	忙し
イ形い	辭書形	忙しい
イ形くて	て形	忙しくて
イ形くない	否定形	忙しくない
イ形かった	過去形	忙しかった
イ形ければ	條件形	忙しければ
イ形普通形	普通形	忙しい、忙しくない、忙しかった、忙しくなかった

✦ 動詞

接續符號	活用變化	範例
動詞辞書形	辭書形	話す、見る、来る、する
動詞ます形	ます形	話します、見ます、来ます、します
動詞ます		話し、見、来、し
動詞て形	て形	話して、見て、来て、して
動詞ている形	ている形	話している、見ている、来ている、している
動詞た形	過去形	話した、見た、来た、した
動詞ない形	否定形	話さない、見ない、来ない、しない
動詞ない		話さ、見、来、し
動詞ば	條件形	話せば、見れば、くれば、すれば
動詞よう	意向形	話そう、見よう、来よう、しよう
動詞命令形	命令形	話せ、見ろ、来い、しろ
動詞可能形	可能形	話せる、見られる、来られる、できる
動詞受身形	被動形	話される、見られる、来られる、される
動詞使役形	使役形	話させる、見させる、来させる、させる
動詞使役受身形	使役被動形	話させられる、見させられる、来させられる、させられる
動詞普通形	普通形	話す、話さない、話した、話さなかった

✦ 其他

接續符號	代表意義	範例
名詞する	する動詞	電話する
名詞~~する~~	動詞性名詞	電話
疑問詞	疑問詞	いつ、だれ、どこ、どう、どの、なに、なぜ
文	句子	引用文、平叙文、疑問文、命令文、感嘆文、祈願文

附註：當前方接續「普通形」時，除了普通體之外，有時亦可接續敬體（です・ます形），但本書不會特別明示。

✦ 符號說明

（）表示可省略括弧內的文字。

／ 用於日文，表示除了前項之外，亦有後項使用方式或解釋可做替換。

; 用於中文，表示除了前項之外，亦有後項解釋可做替換。

①② 表示具有多種不同使用方式時，分別所代表的不同意義。

✦ 用語說明

第Ⅰ類動詞：又稱「五段動詞」，例如：「読む」、「話す」。

第Ⅱ類動詞：又稱「上下一段動詞」，例如：「見る」、「食べる」。

第Ⅲ類動詞：又稱「不規則動詞」，例如：「する」、「来る」。

意志動詞：靠人的意志去控制的動作或行為，可用於命令、禁止、希望等表現形式。
例如：「話す」可用「話せ」（命令）、「話すな」（禁止）、「話したい」（希望）的形式表達。

非意志動詞：無法靠人的意志去控制的動作或行為，無法用於命令、禁止、希望等表現形式。例如：「できる」、「震える」、「ある」。

＊部分動詞同時具有意志動詞與非意志動詞的特性，例如：「忘れる」、「倒れる」。

瞬間動詞：瞬間就能完成的動作，例如：「死ぬ」、「止む」、「決まる」。

繼續動詞：需要花一段時間才能完成的動作，例如：「食べる」、「読む」、「書く」。

＊部分動詞同時具有瞬間動詞與繼續動詞的特性，例如：「着る」、「履く」。

新日檢制霸！*N4* 文法特訓班

目次

圖片來源：Shutterstock

第1週

1 こんな／そんな／あんな／どんな

｜意味｜ 這種；那種；哪種

｜接続｜ こんな／そんな／あんな／どんな＋名詞

｜説明｜

指示詞「この～」系列和「こんな～」系列的作用同樣是限定名詞，不同的是前者為限定該名詞本身，意思是「這個…」，而後者則是限定該名詞的屬性，意思是「像這樣的…」、「像這種的…」。

｜例文｜

◆ そんなものを食べないでください。

　請不要吃那種東西。

◆ 僕もあんなすばらしい家に住みたいです。

　我也想住在那種漂亮的房子。

◆ 彼はどんな人ですか。

　他是怎麼樣的人呢？

重要

另外「こんな～」系列加上「に」，作「こんなに／そんなに／あんなに／どんなに」則為副詞用法，後面接續動詞及形容詞，用於強調程度之甚。

◆ こんなにおもしろい番組は初めて見ました。

　第一次看到這麼有趣的節目。

｜実戦問題｜

アメリカ＿＿＿ ＿★＿ ＿＿＿ ＿＿＿盛んですか。

1 産業　　　　　　　2 どんな　　　　　　3 では　　　　　　4 が

2 こう／そう／ああ／どう

┃意味┃ 這樣；那樣；怎麼樣

┃接続┃ こう／そう／ああ／どう＋動詞普通形

┃説明┃

「こう／そう／ああ／どう」是「こそあど」系列作副詞用法的形態，意思是「這樣…」、「這麼…」。特別注意「ああ」的拼法與其他不同。

┃例文┃

◆ この漢字はこう書きます。

　　這個漢字是這樣寫的。

◆ 彼の考えをどう思いますか。

　　你覺得他的想法怎麼樣？

◆ そうしましょう。

　　就那麼做吧！

重要

另外「こう〜」系列後面接上「いう」，形成「こういう／そういう／ああいう／どういう」則可修飾名詞，使用方式大致與「こんな〜」系列相同，但「こういう〜」系列較為鄭重且可用於書面文章。

◆ ああいう人もいるよね。

　　也有那種人呢。

┃実戦問題┃

きのう告白した後、＿＿＿ ＿＿＿ ★ ＿＿＿ましたか。

1 どう　　　　　　**2** 彼女　　　　　　**3** 言い　　　　　　**4** は

3 こ／そ／あ（文脈指示）

┃意味┃ 文章脈絡指示

┃接続┃ この／その／あの＋名詞

この／それ／あれ＋助詞

┃説明┃

表示「指示出談話中的人或事物，且此人或事物並未出現在說話現場」。「こ／そ／あ」三者的使用，分別是依說話者和聽話者對於被指示的人或事物熟不熟識或知道不知道來決定，其規則如下：

①說話者熟悉而聽話者不熟悉指示物時→用「そ」或「こ」

②說話者不熟悉而聽話者熟悉指示物時→用「そ」

③說話者和聽話者均熟悉指示物時→用「あ」

④說話者和聽話者均不熟悉指示物時→用「そ」

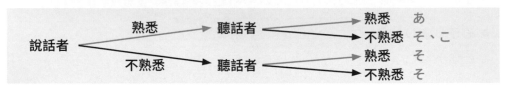

┃例文┃

◆ きのう、本を買いました。それは今月のベストセラーです。

昨天買了 1 本書。是這個月的暢銷書。

◆ ちょっと話したいことがあるが、この話、秘密にしてくれませんか。

我有點事情想跟你談談，但這件事你能不能幫我保密呢？

◆ 先週、一緒に行ったあのレストランはおいしかったね。

上星期一起去的那間餐廳很好吃呢！

┃実戦問題┃

社員：社長、＿＿＿ ＿＿＿ ★ ＿＿＿ですが。

社長：ああ、もう少し時間をくれないかな。

1 言った　　　　**2** 昨日　　　　**3** なん　　　　**4** あの件

4 〜は〜より

意味 …比…

接続 名詞₁＋は＋名詞₂＋より

説明

用於比較兩項事物，表示「名詞₁」在某方面，例如：長短、高低、多寡、大小、冷熱、能力等，和「名詞₂」有差異。「名詞₁＋は」表示主體、話題，「名詞₂＋より」表示比較的基準。必要時，也可以加上主語「が」表示比較的項目，但如果比較的項目很明顯時，多半會被省略。

例文

◆ この店はその店より（値段が）安いです。

這家店比那家店（價格）便宜。

◆ 東京タワーはエッフェル塔より高いです。

東京鐵塔比艾菲爾鐵塔高。

◆ 台湾は日本より人口が少ないです。

臺灣的人口數比日本還少。

◆ 張さんは私より日本語が上手です。

張同學日語比我好。

実戦問題

大都会＿＿＿ ＿＿＿ ＿＿＿ ＿★＿が便利です。

1より　　　　　2交通　　　　　3は　　　　　4田舎

5 ～と～とどちらが～か→～のほうが

｜意味｜ ～と～とどちらが～か：…和…哪個比較

～のほうが：…比較

｜接続｜ 名詞₁＋と＋名詞₂＋とどちらが～か

名詞₁／名詞₂＋のほうが

｜説明｜

當不清楚比較的雙方哪一方勝出時，可以使用二者擇一比較句「～と～とどちらが～か」來提問，不論比較的雙方是人、物或地方，疑問詞都只能用「どちら」。回答時，勝出的一方用「～のほうが」表示。亦可使用「～より～のほうが」，但在實際使用中「より」常被省略。

｜例文｜

◆ A：富士山と玉山とどちらが高いですか。　富士山和玉山哪個高？

B：玉山のほうが高いです。　玉山比較高。

◆ A：猫と犬とどちらが好きですか。　你喜歡貓還是狗？

B：（猫より）犬のほうが好きです。　（比起貓）我比較喜歡狗。

 重要

作三者以上擇一的問句時，才是用人、物或地方各自原有的疑問詞「だれ」、「どれ」、「どこ」等。

◆ 緑茶と紅茶とウーロン茶とどれが一番おいしいですか。

綠茶、紅茶和烏龍茶，哪一個最好喝？

｜実戦問題｜

南：バニラアイスとチョコレートアイスとどちらがいいですか。

森：チョコレートアイス＿＿　＿＿　★　＿＿です。

1 いい　　　　　　**2** より　　　　　　**3** のほうが　　　　　　**4** バニラアイス

6 ～も／でも

┃意味┃ 全部都…

┃接続┃ 疑問詞（＋助詞）＋も／でも

┃説明┃

比較的結果並非都有勝負，也可能是「全部都」或「全部都不」。若要表示全面否定時作「疑問詞（＋助詞）＋も＋否定句」；表示全面肯定時作「疑問詞（＋助詞）＋でも＋肯定句」。

┃例文┃

◆ 誰でもいいです。　任何人都行。

◆ この店は何でもあります。　這間店什麼都有。

◆ どこへも行きません。　我哪裡都不去。

 重要

若為回答二者擇一比較的問句時，不論答句語意為何，其疑問詞只限用「どちら」。

◆ Ａ：コーヒーと紅茶とどちらが好きですか。

　　咖啡和紅茶你喜歡哪一種？

　Ｂ：どちらも好きではありません。

　　兩種都不喜歡。

┃実戦問題┃

日本料理は＿＿★＿＿ ＿＿＿ ＿＿＿ ＿＿＿、特にさしみが好きです。

1 好き　　　　　　**2** でも　　　　　　**3** ですが　　　　　　**4** 何

7 ～は～ほど～ない

┃意味┃ …沒有…那麼…

┃接続┃ 名詞₁＋は＋名詞₂＋ほど＋ $\begin{cases} ナ形ではない／ではなかった \\ イ形くない／くなかった \end{cases}$

┃説明┃

這裡的「～ほど」和肯定句中的「～より」一樣，表示比較的基準，但後面述語必須作否定表現。中文可解釋為「名詞₁在某方面沒有名詞₂那麼…」。

┃例文┃

◆ 日本は台湾ほど暑くないです。

　日本沒有臺灣那麼熱。

◆ 牛は馬ほど早くないです。

　牛沒有馬跑得快。

◆ 今日はきのうほど雨が強くないです。

　今天的雨勢沒有比昨天大。

重要

「名詞₁＋は＋名詞₂＋ほど～ない」亦可看作是「名詞₂＋は＋名詞₁＋より～」的另一種說法，端看是以何者為主題。

◆ 台湾は日本より暑いです。

　臺灣比日本熱。

┃実戦問題┃

影山さんは＿＿＿ ＿＿＿ ★ ＿＿＿です。

1 ほど　　　　**2** 足が　　　　**3** 速くない　　　　**4** 小林さん

8 ～（の中）で～が一番～か

┃意味┃ …中…最

┃接続┃ 名詞＋（の中）で＋疑問詞＋が一番～か

┃説明┃

這是表示最高級的句型。「一番」在此作副詞，意思是「最…」。「で」表示選擇的範圍，「の中＋で」則可更明確地限定出選擇的範圍，譯為「在…之中」。但當範圍為場所時，通常只作「で」。

┃例文┃

◆ 家族の中で誰が一番背が高いですか。　你的家人中，誰的個子最高？

◆ 果物の中で何が一番好きですか。　水果中，你最喜歡哪一種？

◆ 一年でいつが一番寒いですか。　一年裡，什麼時候最冷？

◆ 台湾でどこが一番おもしろいですか。　臺灣哪裡最好玩？

重要

此句型的疑問詞要依選擇範圍的性質來決定。

人	物	地方	時間	三種選項
だれ	なに	どこ	いつ	どれ

┃実戦問題┃

今期のドラマ＿＿＿ ★ ＿＿＿ ＿＿＿おもしろいですか。

1 で　　　　　　**2** 一番　　　　　　**3** なに　　　　　　**4** が

9 ～し、

┃意味┃ ①表複數類似情形的列舉。既…又…

②表複數原因理由的列舉。既…又…（所以）

┃接続┃ 名詞普通形
ナ形普通形
イ形普通形 ＋し、
動詞普通形

┃説明┃

①接續助詞「し」是用於連接述語與述語，強調有複數類似的情形。經常與「も」搭配使用。

②表複數原因理由的列舉時，通常作「～し、～し、～」或「～し、～から、～」，且後文為所下的判斷或結論，口語時可將後文省略。亦可只有一個「し」，暗示還有其他理由。

┃例文┃

①

◆ 今日は雨も降っているし、風も強いです。

今天既下雨，風又強。

◆ うちは小さいし、駅からも遠いです。

我家不僅很小，還離車站很遠。

◆ 友人と映画を見たし、カラオケにも行った。

和朋友看電影，還去唱了卡拉OK。

②

◆ あの店は安いし、料理もおいしいし、よく来ます。

　那家店既便宜，餐點又好吃，所以我經常來。

◆ 彼は頭もいいし、体も丈夫だから、幹部に最適の人です。

　他頭腦又好，身體又強壯，是最適合當幹部的人選。

◆ この仕事は残業も多いし、給料も少ないから、もう辞めたいです。

　這份工作不僅要經常加班，薪水又很少，我已經想辭職了。

重要

接續助詞「～て」若前面接續名詞或形容詞時，則與「～し」同樣表示「並列的情況」；但若前面接續動詞時，則「～て」表示動作先後順序，「～し」則具有累加的強調含義。

◆ あの店は安くて、料理もおいしいです。

　那家店既便宜，餐點又好吃。

◆ 友人と映画を見て、カラオケに行った。

　和朋友看電影，接著去唱了卡拉 OK。

実戦問題

生徒会長の小川さんは勉強も____ ★ ____ ____です。

1 いい　　　　　**2** 性格も　　　　　**3** できる　　　　　**4** し

10 それに～

┃意味┃ 而且…

┃接続┃ 文＋それに＋文

┃説明┃

接續詞「それに」用於連接句子與句子，表示相關情形的累加，前後文需同為正面描述或同為負面描述。除了單獨使用外，也可以和接續助詞「～し」並用，此時可以省略「それに」。

┃例文┃

◆ この道は暗いです。それに、車が多くて危ないです。

　　這條路很暗，而且車很多很危險。

◆ あの人は頭がいいです。それに体も丈夫です。

　　他頭腦很好，而且身體也很強壯。

◆ 彼は仕事もないし、それに借金もあります。

　　他不僅沒工作，而且還有負債。

◆ このアパートは会社に近いし、（それに）環境もいい。

　　這間公寓不僅離公司近，（而且）環境也好。

┃実戦問題┃

このホテルは部屋も____ ★ ____ ____いいです。

1 広いし　　　　　**2** も　　　　　　**3** サービス　　　　　**4** それに

11 ～までに

┃意味┃ 在…之前

┃接続┃ 名詞＋までに

┃説明┃

「までに」為助詞，前接期限（通常為時間名詞），表示某單次行為、動作必須在此期限到來前發生，且期限內的任何時間點皆可發生，因此後面不能接表持續狀態的「～ている」。

┃例文┃

◆ あした９時までに学校に来てください。　明天９點以前請到學校。

◆ ランチまでに掃除します。　在午餐之前要打掃。

 重要

比較「に」、「まで」、「までに」：

①「に」：表示動作、作用發生的確實時間點。

◆ 毎日 １２時に寝る。　每天 12 點睡。

②「まで」：表示動作、作用持續進行的結束時間點。

◆ 毎日 １２時まで寝ている。　每天睡到 12 點。

③「までに」：表示動作、作用發生的最晚期限。

◆ 毎日 １２時までに寝る。　每天 12 點前睡。

┃実戦問題┃

レポートの締め切りは来週までです。＿＿＿　★　＿＿＿　＿＿＿ください。

1 まで　　　　**2** それ　　　　**3** 出して　　　　**4** に

---•— 模擬試験 —•———

次の文の（　　）に入れるのに最もよいものを、1・2・3・4から一つ選びなさい。

① A：あの番組、放送中止になったようです。
　　B：興味ないですから、（　　）ことはどうでもいいです。
　　1 そんな　　　　**2** この　　　　　**3** あんな　　　　**4** どの

② 今週の金曜日（　　）、宿題を出してください。
　　1 まで　　　　**2** までに　　　　**3** まえ　　　　　**4** まえに

③ もう二度と（　　）やつと付き合わないでください。
　　1 あれ　　　　**2** あういう　　　**3** ああいう　　　**4** あんの

④ 日本は台湾（　　）物価が高いです。
　　1 に　　　　　**2** より　　　　　**3** から　　　　　**4** と

⑤ タブレットはスマホ（　　）便利じゃありません。
　　1 ほど　　　　**2** と　　　　　　**3** も　　　　　　**4** のほうが

⑥ アニメより原作のほう（　　）おもしろいです。
　　1 は　　　　　**2** に　　　　　　**3** と　　　　　　**4** が

⑦ 営業時間は夜9時（　　）です。
　　1 まで　　　　**2** までに　　　　**3** まえ　　　　　**4** まえに

⑧ もう大人ですから、一人でどこ（　　）行けます。
　　1 も　　　　　**2** へも　　　　　**3** へでも　　　　**4** へ

14

⑨ （　　）つらいことがあっても、この歌を聞けば、元気が出ます。
  1 この　　　　　　**2** それ　　　　　　**3** どの　　　　　　**4** どんなに

⑩ スマホゲームはおもしろいです。（　　）、どこでも遊べます。
  1 それでは　　　　**2** それも　　　　　**3** それに　　　　　**4** それは

⑪ （　　）件はうまく行きましたか。
  1 こう　　　　　　**2** それ　　　　　　**3** あの　　　　　　**4** どの

⑫ Ａ：日本で（　　）が一番きれいですか。
  　Ｂ：北海道が一番きれいです。
  1 どちら　　　　　**2** 何　　　　　　　**3** どこ　　　　　　**4** どれ

⑬ 彼（　　）誠実な人はいません。
  1 は　　　　　　　**2** も　　　　　　　**3** のほうが　　　　**4** ほど

⑭ 台北 101 ビルと東京タワーと（　　）が高いですか。
  1 どこ　　　　　　**2** どれ　　　　　　**3** どちら　　　　　**4** どの

⑮ このデザートはおいしい（　　）、見た目もいいです。
  1 し　　　　　　　**2** から　　　　　　**3** が　　　　　　　**4** も

第 2 週

Checklist

12 ～で（時間）

┃意味┃ 表示期限或期間

┃接続┃ 名詞＋で＋文

┃説明┃

①前接「時間點」，表示動作結束的時間期限。

②前接「時間帶」，表示動作至結束為止所需花費的時間長度。

┃例文┃

①

◆ 来週で結婚2年目になります。

下星期將邁入婚姻生活第2年。

◆ 会議は3時で終わる。

會議到3點就結束。

②

◆ 5分でご飯を食べます。

花5分鐘吃飯。

◆ この仕事は1週間でできる。

這份工作花1星期就能完成。

重要

助詞「で」前接時間名詞時，則通常除了表示結束的時間期限，還含有期待或惋惜的心情。而助詞「に」前接時間名詞，則單純表示動作發生的時間點。

┃実戦問題┃

ロシア語が＿＿＿ ＿★＿ ＿＿＿ ＿＿＿なりました。

1で **2**2年 **3**に **4**上手

13 ～て／で（原因）

┃意味┃ 因為…

┃接続┃ 名詞で
ナ形で
イ形くて ｝＋文
動詞て形

┃説明┃

助詞「て」用於接續兩個句子時，若前後兩句為因果關係，則此時「て」表示原因理由。用法為將前句述語改成「て形」接續後句，前句說明原因，後句敘述結果，且後句常接續過去式、否定形，或是「うれしい」、「困る」等情感表現語詞。

┃例文┃

◆ 薬を飲んで、元気になりました。　因為吃了藥，所以變得有精神了。

◆ 喉が痛くて声が出ません。　因為喉嚨痛，而無法發出聲音。

◆ 台風でたくさんの木が倒れた。　因為颱風有很多樹都倒了。

 重要

「て」做原因理由時，前句的動作行為必須為已發生，且發生時間比後句早。同時後句不可為希望、命令、勸誘等的意志表現。若不符合這些條件時，則使用「から」。

◆ あした家でパーティーがありますから、今晩掃除します。

明天在家裡有派對，所以今晚要打掃。

┃実戦問題┃

あの日の事故＿＿＿★　＿＿＿　＿＿＿　＿＿＿記憶をうしなった。

1 まで　　　　**2** 今　　　　**3** の　　　　**4** で

14 ～て（方法／狀態）

┃意味┃ 以…狀態或方法進行…

┃接続┃ 動詞て形＋文

┃説明┃

當助詞「て」前後兩句的關係為「後句的動作是透過前句動作的方式來執行」時，此時「て」表示執行某動作的方法或狀態。

┃例文┃

◆ 地図を見て、来ました。

　我是看地圖來的。

◆ この辞書を使って勉強します。

　使用這本字典來學習。

重要

若要說明在不做前項動作的狀態下，直接進行後項動作時，則需用否定的方式來修飾後面主要動詞，此時作「動詞ない形＋で＋文」。

◆ 醤油をつけないで、食べます。

　不沾醬油吃。

◆ 今朝ご飯を食べないで学校に来ました。

　今天早上沒吃早餐就來學校了。

┃実戦問題┃

みんなで靴を＿＿★＿ ＿＿＿ ＿＿＿ ＿＿＿。

1 砂浜　　　　**2** 歩いた　　　　**3** 脱いで　　　　**4** を

15 ～でも（例示）

┃意味┃ ①…或…

②連…都

┃接続┃ 名詞＋でも

┃説明┃

①表示隨意地舉出一例，由此類推其他情況，此用法通常出現在勸誘句。

②接在極端例子後面，表示極端情況都這樣了，那一般情況當然也相同。

┃例文┃

①

◆ コーヒーでも飲みましょう。

喝個咖啡或飲料吧。

◆ お茶でもしませんか。

要不要喝個茶之類的？

②

◆ 子供でもできます。

連小孩都做得到。

◆ この質問は先生でもわかりません。

這個問題就連老師也不知道。

┃実戦問題┃

サル<u>★</u> ＿＿ ＿＿ ＿＿、そんなに気にしないで。

1から 　　　　**2**でも 　　　　　**3**落ちる 　　　　**4**木から

16 ～ても（逆接）

┃**意味**┃ 即使…也

┃**接続**┃ 名詞で
　　　　 ナ形で
　　　　 イ形くて ⎱＋も
　　　　 動詞て形

┃**説明**┃

「ても」是接續助詞，文法中稱為「逆接條件」，表示後句的結果不受前句的影響或相互對立。也可用「～ても～ても」的方式來表現。依前接的句子可分成下列兩種用法。

①前句為尚未成立的假設時，常和「もし（如果）」、「たとえ（即使）」等表假設的副詞一起使用。

②前句為已成立的事實，後句通常為預想外的結果。

┃**例文**┃

①

◆ たとえ雨が降っても、風が吹いても、試合が行われます。

　　即使颱風下雨，比賽仍照常舉行。

◆ お金持ちになっても、幸せになれない。

　　即使變成有錢人，也無法變得幸福。

◆ A：転校しても、手紙を書くから、僕のことを忘れないで。

　　　即使轉學了，我也會寫信給你，所以請不要忘了我。

　 B：うん、絶対忘れないから。

　　　嗯，我絕對不會忘記你的。

②

◆ いくら探しても、ありません。

　　即使再怎麼找也沒有。

◆ 交通が不便でも、彼は毎日見舞いに行きます。

　　即使交通不便，他也每天去探病。

◆ 彼は仕事の鬼ですから、休日でも働きます。

　　他是工作狂，即使是假日也會工作。

重要

「ても」亦可前接否定形，表示「即使不…也…」，此時分別必須作「名詞で＋なくても」、「ナ形で＋なくても」、「イ形く＋なくても」、「動詞ない＋なくても」。若要強調語氣時，則可將「でなくても」改為「ではなくても」。

◆ ピーマンが好きでなくても、食べます。

　　即使不喜歡青椒，也還是會吃。

◆ たとえ両親が許してくれなくても、彼と結婚します。

　　即使父母不答應，我也要和他結婚。

実戦問題

料理教室＿＿＿ ＿＿＿ ＿＿＿ ★ 、なかなか上手になりません。

1 いて　　　　**2** も　　　　　　**3** 通って　　　　**4** に

17 疑問詞～ても

┃意味┃ 不論…都

┃接続┃

$$
疑問詞 + \left\{ \begin{array}{l} 名詞で \\ ナ形で \\ イ形くて \\ 動詞て形 \end{array} \right\} + も
$$

┃説明┃

「ても」前接疑問詞時，用於強調任何條件、情況都不會影響後句，後句可接續肯定句或否定句。常作「いくら～ても」、「どんなに～ても」的形式，強調次數或程度之甚。

┃例文┃

◆ どんなことがあっても、行くと思いますよ。

不管發生什麼事，我想我都會去。

◆ やる気のない人に何を言ってもむだです。

對於沒有幹勁的人，不論說什麼都沒用。

◆ どこに座ってもいいです。

無論坐哪都可以。

◆ 仕事がどんなに困難でも、最後までやります。

不論工作有多難，我都會做到最後。

┃実戦問題┃

いくら＿＿＿ ＿＿＿ ★ ＿＿＿全然反応しない。

1 マウス   **2** も   **3** を   **4** クリックして

18 〜も（数量詞）

▌意味▌ ①…之多

②一…也沒有

▌接続▌ 数量詞＋も

▌説明▌

① 「も」除了與疑問詞搭配表示全面肯定或否定之外，亦可接在數量詞後面，強調數量或程度超出預期。中文意思通常不會翻譯出來。

② 若前面接續表示最小單位的詞，例如：「1＋量詞」等，則相當於全面否定。此時需做「最小數量詞＋も＋否定句」，意思是「絲毫沒有、一點也沒有」。

▌例文▌

①

◆ このスーツは7000元も要ります。

　　這件套裝竟然要價新臺幣7000元。

◆ 彼はケーキを5つも食べました。

　　他吃了5塊蛋糕（之多）。

②

◆ 私は飴を1つも食べませんでした。

　　我連1顆糖果也沒吃到。

◆ 私はパンを少しも食べませんでした。

　　我連一丁點麵包也沒吃到。

重要

数量詞的基本用法複習：

①數量詞通常位於所接續的動詞之前。

　◆ 教室に学生が３人います。

　　教室裡有３位學生。

②若表時間長度的數量詞亦可置於「を」的前面。

　◆ 日本で日本語を３か月勉強しました。

　＝日本で３か月日本語を勉強しました。

　　在日本學了３個月的日語。

③表頻率的數量詞通常位於「を」的前面。

　◆ 週に２回テニスをします。

　　１星期打２次網球。

実戦問題

A：タベルさんは全国大会____　____　____　_★_食べて、優勝を取りました。

B：えー、すごいですね。

1 も　　　　　　　　　　　**2** まんじゅうを

3 100 個　　　　　　　　　**4** で

19 ～すぎる

▎**意味**▎ 太…；過於…

▎**接続**▎ ナ形

　　　　 イ形い ┐

　　　　 　　　 ├ ＋すぎる

　　　　 動詞ます ┘

▎**説明**▎

「すぎる」漢字寫成「過ぎる」。表示該行為、動作在次數或程度上已超過限度，多用於描述負面情形。

▎**例文**▎

◆ 少し言いすぎました。

　　講得稍微過分了點。

◆ 買い物しすぎて、お金がなくなりました。

　　買太多東西，沒有錢了。

◆ 今回のテストが 難 しすぎました。

　　這次的考試太難了。

🎯 **重要**

日文中，可以將兩種動詞做結合，進而產生新的意思，此時組合而成的動詞便稱為「複合動詞」。例如將「食べる（吃）」與「残す（剩下、殘留）」組合成「食べ残す」的話，中文意思就會是「沒有吃完、吃剩」。

▎**実戦問題**▎

世界の____ ____ ＿★＿ ____足りなくなった。

1 食べ物が　　　　**2** 人口が　　　　**3** すぎて　　　　**4** 増え

20 ～やすい

┃意味┃ 易於…

┃接続┃ 動詞ます＋やすい

┃説明┃

形容詞「やすい」有「安い（便宜）」和「易い（容易）」兩個意思，與動詞ます
組成複合字時的「やすい」是「容易」的衍生用法。表示某項行為、動作很容易進
行，或是很容易就能達成某件事。

┃例文┃

◆ この靴ははきやすいです。

這雙鞋好穿。

◆ 紙は燃えやすいです。

紙類易燃。

◆ 冬は風邪を引きやすいです。

冬天容易感冒。

◆ マグカップは割れやすいから、落とさないでください。

馬克杯容易摔破，因此請不要弄掉。

┃実戦問題┃

雪が積もって＿＿ ＿＿ ＿＿ ★ です。気を付けて歩いてください。

1やすい **2**から **3**いる **4**滑り

21 ～にくい

▌意味▌ 難以…

▌接続▌ 動詞ます＋にくい

▌説明▌

形容詞「にくい」有「憎い（可惡、可恨）」和「難い（困難）」兩種意思，與動詞ます組成複合字時的「にくい」是「困難」的衍生用法。表示某項行為、動作很難進行，或是不容易達成某件事。

▌例文▌

◆ このペンは書きにくいです。

　這枝筆不好寫。

◆ 字が小さくて読みにくいです。

　字很小不易閱讀。

◆ この問題は答えにくいです。

　這個問題很難回答。

◆ このことは人に言いにくいです。

　這件事很難向人啟口。

▌実戦問題▌

相対性理論はとても＿＿＿ ＿＿＿ ＿＿＿ ★ です。

1 複雑　　　　　　**2** にくい　　　　　**3** 分かり　　　　　**4** で

22 〜けれど

┃意味┃ （雖然…）但是…

┃接続┃ 文＋けれど

┃説明┃

「けれど」為表示逆接關係的接續助詞，用於連接兩個語意相反的句子。亦有「けれども」及「けど」的說法，禮貌程度由高至低依序為「けれども」＞「けれど」＞「けど」。

┃例文┃

◆ ここはきれいです。けれども、ちょっと交通が不便です。

這裡雖然漂亮，但是交通有點不便。

◆ このアパートは駅から近いけど、家賃が高いです。

這公寓雖然離車站很近，但是租金貴。

◆ 海外旅行に行きたいけれど、お金が足りないから、行けない。

雖然想出國旅行，但是錢不夠所以去不了。

🎯 重要

與同是表逆接接續助詞「が」的差異在於，「けれど」屬於口語用法，而「が」則口語及書面用法皆可，但「が」用於口語表達時，語氣較「けれど」生硬及正式。

┃実戦問題┃

彼女は＿＿＿ ＿＿＿ ＿＿＿ ★、難しい単語を使って話している。

1 5歳　　　**2** だ　　　**3** まだ　　　**4** けれど

—●— 模擬試験 —●—

次の文の（　　）に入れるのに最もよいものを、1・2・3・4から一つ選びなさい。

1 あと３か月（　　）卒業します。
　1 でも　　　　　2 に　　　　　　3 で　　　　　　4 と

2 この漫画が（　　）て、何度も読んでしまいます。
　1 おもしろいもの　　　　　　　2 おもしろい
　3 おもしろ　　　　　　　　　　4 おもしろく

3 そのゲームはパソコンを（　　）遊びます。
　1 使う　　　　　2 使って　　　　3 使っても　　　4 使った

4 こんな常識は小学生（　　）知っています。
　1 でも　　　　　2 では　　　　　3 は　　　　　　4 にも

5 消防士の仕事は危険で、命がいくつ（　　）足りません。
　1 あると　　　　2 あったら　　　3 あっても　　　4 あれば

6 彼に何度話しかけ（　　）、返事がありません。
　1 て　　　　　　2 でも　　　　　3 た　　　　　　4 ても

7 あの先生の説明はとても分かり（　　）です。
　1 たかい　　　　2 やすい　　　　3 やさしい　　　4 つらい

8 イヤホンをしていて、周りの音が聞こえ（　　）です。
　1 やすい　　　　2 やさしい　　　3 にくい　　　　4 つらい

⑨ この犬は雪の中 1 歩（　　）主人の帰りを待っていました。

1 も　動かなくて　　　　　　　　　　**2** を　動かなくて

3 も　動かないで　　　　　　　　　　**4** を　動かないで

⑩ 諦めるのはまだ（　　）。

1 早やすい　　　　　　　　　　　　　**2** 早すぎる

3 あまり早い　　　　　　　　　　　　**4** 早にくい

⑪ 急いで学校に行った（　　）、誰もいませんでした。

1 ので　　　　　　**2** でも　　　　　　**3** けれど　　　　　　**4** で

⑫ たとえあした（　　）、大丈夫です。

1 来なくても　　　　　　　　　　　　**2** 来ないでも

3 来なくて　　　　　　　　　　　　　**4** 来ないで

⑬ 一緒に食事（　　）行きませんか。

1 にでも　　　　　　**2** をも　　　　　　**3** へも　　　　　　**4** ででも

⑭ 光の速さは秒速 30 万キロ（　　）ある。

1 を　　　　　　　　**2** が　　　　　　　**3** に　　　　　　　**4** も

⑮ 時間がない。10 分（　　）支度しなさい。

1 も　　　　　　　　**2** が　　　　　　　**3** で　　　　　　　**4** でも

第3週

Checklist

23 ～のに

┃意味┃ 明明…卻…

┃接続┃
名詞な／普通形
ナ形な／普通形
イ形普通形
動詞普通形
}＋のに

┃説明┃

接續助詞「のに」連接兩件逆接關係的事實，並含有對此感到驚訝或不滿的情緒。後句不可以是表命令、請求、意志、推量、期待、疑問等其內容尚未成立的事。「のに」雖然前接普通形，但若遇到名詞或ナ形容詞時不接「だ」，而要以「名詞／ナ形＋な＋のに」來連接。

┃例文┃

◆ 彼女はきれいなのに、彼氏がいません。

　她明明很漂亮，卻沒有男友。

◆ 雨が降っているのに、外で遊んでいます。

　明明在下雨，卻在外頭玩。

◆ 土曜日なのに、会社に行く。

　明明是星期六，卻要去公司。

重要

「のに」與「けれど」雖然同為表逆接關係的接續助詞，但「のに」前方只能接續普通形，而「けれど」則可以接續普通形及丁寧形。

┃実戦問題┃

エアコンを＿＿＿ ★ ＿＿＿ ＿＿＿ならない。

1 ちっとも　　　**2** 涼しく　　　　**3** のに　　　　**4** つけた

24 ～ので

意味 因為…

接続
名詞な／普通形
ナ形な／普通形
イ形普通形
動詞普通形
} ＋ので

説明

接續助詞「ので」用於客觀解釋前後兩句的因果關係，或是表達委婉的請求。「ので」前面主要是接普通形，有時為了表示禮貌，也會接丁寧形。與「のに」一樣，遇到名詞或ナ形容詞的普通形時，要以「名詞／ナ形＋な＋ので」來連接。

例文

◆ 風邪を引いたので、学校を休みました。

　因為感冒，所以請假沒上學。

◆ 宿題が終わったので、テレビを見てもいいですか。

　我功課做完了，可以看電視嗎？

◆ あの店はいつも込んでいるので、予約した方がいい。

　那家店經常客滿，所以最好先預約。

 重要

同樣表原因的「から」較為主觀，且後句可接續委婉的請求，或是強硬的命令、意志等，也可以直接置於句尾。

実戦問題

私は＿＿＿ ＿＿＿ ＿＿＿ ★、一生懸命日本語を勉強していました。

1 日本に　　　　**2** ので　　　　**3** 留学　　　　**4** したい

25 だから／それで／すると

┃意味┃ ①だから／それで：所以；因此

②すると：結果

┃接続┃ 文。＋だから／それで／すると＋文。

┃説明┃

①為表因果關係的接續詞，前句為後句的原因或理由。「だから」的較禮貌說法為「ですから」，與「から」一樣，後句可接續表事實或說話者的判斷、請求、命令等用法。而「それで」與「ので」一樣，後句僅能是表事實的用法。

②「すると」亦是可表因果關係的接續詞，但語意及用法較前兩者略為不同，通常是表示做了某動作或發生了某事後，導致某結果或造成另外一件事情的發生。

┃例文┃

①

◆ あしたも雨の予報です。ですから、もう今回の登山はやめましょう。

　氣象預報明天也是下雨。所以，這次的登山活動就取消吧。

◆ まだ時間があります。だから、諦めないでください。

　還有時間，所以請不要放棄。

◆ 台風が接近しています。それで、商店街の店が閉まっています。

　颱風接近中。因此商店街的店家都關門了。

②

◆ 彼は一生懸命勉強しました。すると、テストでいい点を取りました。

　他很拚命地學習，結果考試就拿到了好成績。

◆ 雷が鳴りました。すると、停電しました。

　打了雷，結果就停電了。

┃実戦問題┃

浦島太郎は箱の蓋を開けた。＿＿★＿＿　＿＿＿　＿＿＿　＿＿＿。

1 になった　　　　**2** 彼は　　　　　　　**3** おじいさん　　　　**4** すると

26 ～ている

┃意味┃ 表示結果或狀態

┃接続┃ 動詞て形＋いる

┃説明┃

「～ている」除了表示動作正在進行之外，也可以表示在前項動作發生後，某人、事、物産生的某種變化結果持續存在。此時通常接續「知る」、「住む」、「持つ」、「結婚する」等瞬間動詞。

┃例文┃

◆ 王さんはもう結婚しています。

王先生已經結婚了。

◆ 私は車を持っていません。

我沒有車。

◆ 木が道に倒れています。

樹木倒在街道上。

 重要

「～ている」的否定形雖然是「～ていない」，但動詞「知る」表示「知道」時，必須作「知っている」；表示「不知道」時不可作「知っていない」，必須作「知らない」。

┃実戦問題┃

私は＿＿＿ ＿＿＿ ＿＿＿ ★ 。

1 います **2** 知って **3** 先生の **4** 電話番号を

27 ～てある

┃意味┃ 表示狀態

┃接続┃ 動詞て形＋ある

┃説明┃

「～てある」表示某動作完成後，該動作對象的人、事、物目前所呈現的狀態。前面只能連接他動詞，不能連接自動詞，且由於動作的對象已成為主語，所以助詞「を」要改為「が」。

┃例文┃

◆ 黒板に字が書いてあります。

黑板上寫著字。

◆ ドアが開けてあります。

門開著。

◆ 壁に好きな画家の絵がかけてあります。

牆上掛著我喜歡的畫家的畫作。

🎯 重要

「～ている」單純敘述眼前事物的狀態；「～てある」則強調人為刻意為之的結果，意為「某人已經將之…」。

◆ 電気がついています。

電燈開著。（單純表示電燈開著的狀態。）

◆ 電気がつけてあります。

電燈開著。（強調有人打開了電燈，所以電燈開著。）

┃実戦問題┃

ここに＿＿＿ ★ ＿＿＿ ＿＿＿名前です。

1 ある   **2** 書いて   **3** 作者の   **4** 文字は

28 条件形

┃説明┃

條件形又稱作「ば形」，接續規則如下。

①第Ⅰ類動詞：語尾ウ段音改成エ段音，然後加「ば」。作否定形時，則將「動詞ない形」改為「動詞ない＋なければ」。

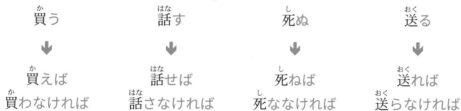

買う	話す	死ぬ	送る
⬇	⬇	⬇	⬇
買えば	話せば	死ねば	送れば
買わなければ	話さなければ	死ななければ	送らなければ

②第Ⅱ類動詞：語尾「る」去掉，直接加「れば」。作否定形時，則將「動詞ない形」改為「動詞ない＋なければ」。

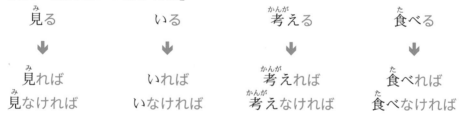

見る	いる	考える	食べる
⬇	⬇	⬇	⬇
見れば	いれば	考えれば	食べれば
見なければ	いなければ	考えなければ	食べなければ

③第Ⅲ類動詞：不規則變化。作否定形時，則將「動詞ない形」改為「動詞ない＋なければ」。

来る	する	紹介する
⬇	⬇	⬇
来れば	すれば	紹介すれば
来なければ	しなければ	紹介しなければ

④イ形容詞：語尾「い」去掉，直接加「ければ」。作否定形時，則將「イ形くない」改為「イ形く＋なければ」。注意「いい」為特殊變化。

安い　　　　　　　　　おいしい　　　　　　　　いい

⬇　　　　　　　　　　⬇　　　　　　　　　　⬇

安ければ　　　　　　おいしければ　　　　　よければ
安くなければ　　　　おいしくなければ　　　よくなければ

⑤ナ形容詞：語尾直接加「ならば」，其中「ば」可省略。作否定形時，則將「ナ形ではない」改為「ナ形で＋なければ」。

きれい　　　　　　　賑やか　　　　　　　元気

⬇　　　　　　　　　⬇　　　　　　　　　⬇

きれいなら（ば）　　賑やかなら（ば）　　元気なら（ば）
きれいでなければ　　賑やかでなければ　　元気でなければ

⑥名詞雖然沒有活用變化，但也可以在後面直接加上「ならば」，與ナ形容詞作相同的句型表現。作否定形時，則將「名詞ではない」改為「名詞で＋なければ」。

学生　　　　　　　　雨

⬇　　　　　　　　　⬇

学生なら（ば）　　　雨なら（ば）
学生でなければ　　　雨でなければ

┃実戦問題┃

1 負ける　→＿＿＿＿＿＿＿　　**2** 建つ　　→＿＿＿＿＿＿＿

3 暑い　　→＿＿＿＿＿＿＿　　**4** 好きだ　→＿＿＿＿＿＿＿

29 ～ば

｜意味｜ ①…就… ②做…就… ③如果…就… ④要是…就…

｜接続｜ 名詞なら（ば）

ナ形なら（ば）

イ形ければ

動詞ば

｜説明｜

接續助詞「ば」表示假設的條件，強調若要後句成立，則前句的假設必定要達成。
用法有以下四種，其中①②③的後句不可為過去式。

①前後句的關係為真理或永恆的事實，常用於諺語、格言等。

②表示在前句執行後，即會發生的可預測事實。常用於表地理位置、機械操作、藥
效等情況。

③表示假設某狀況成立後，後續會發生的動作。前句為不確定是否會發生的事，常
與「もし」等表假設的詞並用。

④表示情況若與事實相反的話，就會發生後句所敘述的事。含有對事實感到不滿或
遺憾的語意，因此句尾常連接表不滿現況的「のに」。

｜例文｜

①

◆ 噂をすれば影がさす。

說起某人的謠言，他就出現。（說曹操，曹操到。）

◆ ちりも積もれば山となる。

塵土堆積起來也能成座山。（積少成多。）

②

◆ この道に沿って行けば、表参道に出ます。

沿著這條路走，就可以到表參道。

◆ この病気は薬を飲まなければ、治りません。

這個病不吃藥，就不會好。

41

③

◆ あしたもし雨が降れば、どうしますか。

　明天如果下雨的話，要怎麼辦呢？

◆ もし天気がよくなければ、ピクニックに行きません。

　如果天氣不好的話，就不去野餐。

④

◆ お金があれば、買えるのに。

　要是有錢的話，就能買了。

◆ 連絡してくれば、迎えに行ったのに。

　要是連絡我的話，我就會去接你啊。

 重要

「ば」通常後句不能接命令、請求、勧誘、意志、希望等意志表現。但作第
③用法時，若前句連接為「名詞」、「イ形」、「ナ形」、「ある」等狀態
性述語，或是前後句主詞不同時，後句即可為意志表現。

◆ 時間があれば、連絡してください。

　如果有時間，請跟我連絡。

実戦問題

航空便＿＿＿　★　＿＿＿　＿＿＿もっと早く届きますよ。

1 で　　　　　　**2** 船便　　　　　**3** より　　　　　**4** 送れば

30 ～と

┃意味┃　①一…就…　②做…就…　③做…發現…

┃接続┃　名詞だ／ではない
　　　　ナ形だ／ではない
　　　　イ形い／くない　　　　　＋と
　　　　動詞辞書形／ない形

┃説明┃

接續助詞「と」表示確定的條件，含有當前句條件一成立，後句的情況必定成立的語意。因此，前句不能接過去式或「もし」等不確定的假設，後句也不可接不確定是否會成立的事或意志表現。用法有以下三種：

①表示自然現象、常理、習慣等，恆常、經常反覆發生的事實。

②表示在前句執行後，即會發生的必然結果。常用於表地理位置、機械操作、藥效等情況。此用法與「ば」②相同，後句不能為過去式。

③表示在前句執行後，意外發生或發覺某事，前後句皆為已發生的事實，後句為過去式。

┃例文┃

①
　◆ 春になると、花が咲きます。

　　春天一到，花就開。

　◆ 満腹だと眠くなります。

　　一吃飽就想睡覺。

②

◆ そこを右へ曲がると、コンビニがあります。

　在那裡右轉的話，有間便利商店。

◆ コインをいれると、飲み物が出てくる。

　投入硬幣，飲料就會掉出來。

③

◆ 窓を開けると、雪が降っていました。

　開窗後，發現雪下了一陣子。

◆ 学校に行くと、誰もいなかった。

　去了學校後，發現沒有任何人在。

 重要

　「と」也能表示動作或事情的相繼而起。此時前後句皆為已發生的事實，後句為過去式。

◆ 彼は鍵を取り出すと、ドアを開けた。

　他取出鑰匙，打開了門。

| 実戦問題 |

季節が＿＿＿　★　＿＿＿　＿＿＿ます。

1 変わり　　　　**2** 変わる　　　　**3** と　　　　　　**4** 気分も

31 〜たら

|意味| ①如果…　②…之後　③做…發現…　④要是…就…

|接続|

$$\left.\begin{array}{l}\text{名詞だった}\\\text{ナ形だった}\\\text{イ形かった}\\\text{動詞た形}\end{array}\right\} + ら$$

|説明|

接續助詞「たら」表示個別、單次性的條件。為口語用法，較不能使用於文章上。

用法有以下四種，其中①②為最常見的用法，且後句常接命令、請求、勸誘、希望等意志表現。

①表示假設在某狀況成立後，後續會發生的動作。前句為不確定是否會發生的事，常與「もし」等表假設的詞並用。

②表示到了某一時間點時，後續會發生的動作。前句為隨著時間的經過，一定會發生的事。

③表示在前句執行後，意外發生或發覺某事。前後句皆為已發生的事實，後句為過去式。此時可與「と」替換。

④表示情況若與事實相反的話，就會發生後句所敘述的事。含有對事實感到不滿或遺憾的語意，因此句尾常連接表達不滿現況的「のに」。此時可與「ば」代換。

|例文|

①

◆ もし台湾へ来たら、連絡してください。

　如果來臺灣的話，請跟我連絡。

◆ 熱が出たら、この薬を飲んでください。

　如果發燒的話，請吃這個藥。

②

◆ 授業が終わったら、食事に行きましょう。

下課後，一起去吃飯吧。

◆ 夏休みになったら、バイトしたいです。

放暑假後，我想去打工。

③

◆ 窓を開けたら、雪が降っていました。

開窗後，發現雪下了一陣子。

◆ 友達の家に行ったら、留守だった。

去朋友家後，發現他不在家。

④

◆ お金があったら、買えるのに。

要是有錢的話，就可以買了。

◆ ミスしなかったら、満点なのに。

要是沒有粗心的話，就可以拿滿分了。

重要

「たら」雖然不能用於表恆常的自然現象或常理，但仍可用於表個人習慣。

◆ 毎朝起きたら、コーヒーを１杯飲みます。

每天早上起床後，就喝１杯咖啡。

│ 実戦問題 │

ケチャップは蓋を開け___ ★ ___ ___ ___腐りますよ。

1 冷蔵庫に   **2** たら   **3** 入れない   **4** と

32 ～といい／たらいい／ばいい

┃意味┃　①如果能…的話，該有多好

　　　　②…就好了

┃接続┃　動詞辞書形＋と

　　　　動詞た形＋ら　　＞＋いい

　　　　動詞ば

┃説明┃

①表示期望，此時前面為非意志動詞，用於不確定是否會成立的願望，或與事實相反的假想。句尾常接續期許該事情能實現的感嘆詞「なあ」，或是表達不滿現況的「のに」。

②表示建議或指示，此時前面為意志動詞。詢問對方的建議或指示時，有「どうしたらいい？」、「どうすればいい？」兩種表達方式，須注意「～といい」無此用法。

┃例文┃

①

◆ バレンタインなので、チョコタルトを作ってみました。お口に合うといいですが。

　因為是情人節，我試著做了巧克力塔。若能合你的口味就好了。

◆ 私も 100 万円あったらいいなあ。

　如果我也有日幣 100 萬圓的話，該有多好。

◆ あしたも一緒に来られればいいのに、残念。

　如果明天你也能一起來的話就好了，真可惜。

②

◆ A：この資料はいつまでに返せばいいですか。

　　這個資料要什麼時候之前歸還才好呢？

　　B：来月までに返すといいですよ。

　　下個月之前歸還就好了喔。

◆ A：どうしたらいい？あした両親になんて言えばいい？

　　怎麼辦？明天該如何跟父母親交代才好呢？

　　B：正直に自分の気持ちを伝えたらいいじゃない。

　　誠實地把自己的感受表達出來不就好了嗎？

 重要

表示期望時，雖然主要都是接續動詞，但還可以接續名詞、ナ形容詞、イ形容詞，此時分別為「名詞だ／ナ形だ／イ形い＋といい」、「名詞だった／ナ形だった／イ形かった＋らいい」、「イ形ければ＋いい」。

◆ あしたいい天気だったらいいね。

　　如果明天是好天氣的話，該有多好。

| 実戦問題 |

斎藤：来週、結婚式に行く＿＿＿　＿＿＿　＿＿＿　★＿＿かなあ。

早坂：そうだね。あの黄色のドレスはどう？

1 けど　　　　　　　　　　2 したらいい

3 格好を　　　　　　　　　4 どんな

33 〜なら

┃意味┃ 如果…的話，就…

┃接続┃
名詞
ナ形
イ形い ┃ ＋なら
動詞普通形

┃説明┃

接續助詞「なら」主要用於承接對方的發言內容，並以此作為假定條件，表達自己的請求、建議、命令、意志等，因此後句常接「〜てください」、「〜なさい」。有時也以「のなら」的形態出現，會話上則會說成「んなら」。

┃例文┃

◆ A：今日の新聞はどこですか。

　　今天的報紙在哪？

　B：新聞なら、トイレにありませんか。

　　報紙的話，不就在廁所嗎？

◆ A：ちょっとスーパーへ行ってくる。

　　我去超市一下。

　B：スーパーへ行く（の）なら、醬油を買ってきてください。

　　你要去超市的話，請買醬油回來。

◆ A：来月、札幌へ出張に行くんだけど、お土産は何が欲しいの？

　　下個月我要去札幌出差，你想要什麼伴手禮呢？

　B：札幌なら、やっぱり「白い恋人」かな。

　　札幌的話，果然還是「白色戀人」吧。

🎯 **重要**

「と」、「ば」、「たら」皆是假定前句已發生才有後句的結果，而「なら」的前句既可比後句先發生，也可能晚於後句發生。

◆ 日本へ行ったら、ぜひ本格的なラーメンを食べてみてください。

　如果你到了日本，請一定要嚐嚐道地的拉麵。

◆ 日本へ行くなら、カメラを持って行きなさい。

　如果你要去日本的話，就帶相機去。

◆ 飲んだら乗らない。乗るなら飲まない。

　喝酒不開車，開車不喝酒。

ば	用於「真理」、「必定發生的事」、「假設」，後句不可為過去式，且只有當前句為狀態性述語時，或是前後句主詞不同時，才能接意志表現。
と	用於「反覆發生的事」、「必定發生的事」、「意外的發現」，後句可接過去式，但不可為意志表現。
たら	用於「單次性的事情」、「假設」、「意外的發現」，後句可接過去式，也可接意志表現。
なら	用於「承接對方發言，並給予建議或請求」，後句可接意志表現，且前後句的發生順序無時間上的限制。

▌**実戦問題**▌

ブラックコーヒーが苦手___★___ ＿＿＿ ＿＿＿ ＿＿＿どうですか。

1 入れ　　　　　**2** たら　　　　　**3** なら　　　　　**4** ミルクでも

● 模擬試験 ●

次の文の（　　）に入れるのに最もよいものを、1・2・3・4から一つ選びなさい。

1 ご都合が（　　）ば、ぜひ参加してみてください。

   1 いい   **2** よい   **3** いけれ   **4** よけれ

2 電車のドアが閉まります（　　）、ご注意ください。

   1 のに   **2** ので   **3** に   **4** で

3 事故でバスが遅れました。（　　）、学校に遅刻しました。

   1 それで   **2** それから   **3** しかし   **4** それでも

4 テーブルの上に私宛ての封筒（　　）。

   1 が　置きました   **2** が　置いています

   3 を　置きてあります   **4** が　置いてあります

5 A：彼女のことを（　　）か。

   B：いいえ、知りません。

   1 知ります   **2** 知りています

   3 知っています   **4** 知ます

6 学生（　　）ば、このアプリが半額で利用できます。

   1 なら   **2** だ   **3** だった   **4** なれ

7 A：あしたは大雨の予報ですよ。

   B：大雨（　　）、運動会は中止ですね。

   1 たら   **2** と   **3** なら   **4** で

⑧ 3時に（　　）、知らせてください。
1 なったら　　　　　2 なると　　　　　　3 なれば　　　　　4 なって

⑨ もうすぐ期末試験（　　）、息子は毎日夜遅くまでゲームをやっています。
1 で　　　　　　　　2 ので　　　　　　　3 のに　　　　　　4 なのに

⑩ この道をまっすぐ（　　）、そのレストランは右にあります。
1 行き　　　　　　　2 行くと　　　　　　3 行くなら　　　　4 行って

⑪ 雨が（　　）ば、修学旅行は中止です。
1 降り　　　　　　　2 降って　　　　　　3 降れ　　　　　　4 降る

⑫ 毎日30分ぐらいジョギングしました。（　　）、体が元気になりました。
1 それから　　　　　2 だが　　　　　　　3 すると　　　　　4 そして

⑬ N4に（　　）、いいなあ。
1 合格できたら　　　　　　　　　　2 合格できたと
3 合格できば　　　　　　　　　　　4 合格して

⑭ 学校を（　　）、どうしますか。
1 卒業したら　　　　　　　　　　　2 卒業すると
3 卒業するたら　　　　　　　　　　4 卒業しても

⑮ もし面接の時間に間に（　　）、事前に事務室に電話してください。
1 合わなかったら　　　　　　　　　2 合わないと
3 合わないで　　　　　　　　　　　4 合わなくて

第 4 週

34 ～の（形式名詞／代名詞）

┃意味┃ ①句子名詞化　②代名詞

┃接続┃ ナ形な／普通形 ⎫
　　　　　イ形普通形　　 ⎬ ＋の
　　　　　動詞普通形　　 ⎭

┃説明┃

① 「の」可作為形式名詞使用，其功用是將句子名詞化。日語的句子結構基本上是「名詞＋助詞＋述語」，故當助詞前面是句子時，就必須以「句子＋の」的方式將句子名詞化後，才可接助詞。此時大多數情況下「の」可替換成「こと」。

② 「の」同時也可以作代名詞使用，此時表示具體的人、事、物。

┃例文┃

①
◆ 田中さんは中国語を話すのが上手です。　田中先生中文說得很好。

◆ 約束があったのを忘れました。　我忘記跟人有約了。

②
◆ きのう見たのはフランス映画です。　昨天看的是法國電影。

◆ 本当に悪いのはあの人なのに。　真正不對的人明明是他！

 重要

當後句為表動作、視覺、知覺上的具體事物時只能用「の」不能用「こと」。

◆ 木村さんがピアノを弾くのを聞きました。　聽木村小姐彈鋼琴。

◆ 冷たい風が吹くのを感じた。　感覺一股冷風吹過。

┃実戦問題┃

ご飯にマヨネーズを＿＿＿ ＿＿＿ ★ ＿＿＿おかしいですか。

1 の　　　　　　　**2** かけて　　　　　**3** 食べる　　　　　**4** は

35 ～こと（形式名詞）

┃意味┃ 句子名詞化

┃接続┃
ナ形な／普通形 ⎫
イ形普通形 ⎬ ＋こと
動詞普通形 ⎭

┃説明┃

「こと」可以寫成漢字「事」，原意為「事情」。當作形式名詞時意思虛化，不寫成漢字，與形式名詞「の」的用法相同，此時大多數情況下「こと」可替換成「の」。

┃例文┃

◆ 私がここにいることを誰から聞きましたか。

   你聽誰說我在這裡的？

◆ きのう学校で火事があったことを知っていますか。

   你知道昨天學校發生火災嗎？

◆ 私はテレビを見ることが好きです。

   我喜歡看電視。

◆ 両親は妹が音楽をやめることに反対しています。

   父母親反對妹妹放棄音樂。

重要

以下情形只能用「こと」不能用「の」：

①當敘述的內容為引用時。

◆ 授業_{じゅぎょう}に出_でられないことを先生_{せんせい}に伝_{つた}えてください。

　　請告訴老師我無法去上課。

②作句子的述語，說明興趣、嗜好、希望、計劃、目標等抽象事物時。

◆ 私_{わたし}の趣味_{しゅみ}は本_{ほん}を読_よむことです。

　　我的興趣是看書。

③表示經驗、可能性、能力等慣用句型時。可參考文法項目第 38 項、第 39

　項、第 40 項、第 47 項、第 48 項。

◆ 私_{わたし}は歌舞伎_{かぶき}を見_みたことがある。

　　我曾經看過歌舞伎。

┃実戦問題┃

彼はまじめな学生です。欠席をした＿★＿　＿＿＿　＿＿＿　＿＿＿ありません。

1 も　　　　　　　**2** が　　　　　　　**3** こと　　　　　　**4** 一度

36 疑問詞〜か

┃意味┃ 間接疑問句

┃接続┃

$$
疑問詞 + \begin{cases} 名詞普通形 \\ ナ形普通形 \\ イ形普通形 \\ 動詞普通形 \end{cases} + か
$$

┃説明┃

前面提到日語的句子結構基本上是「名詞＋助詞＋述語」，若助詞前面是句子時，必須將句子名詞化後才可接助詞。但當句子是含有疑問詞的疑問句時，則不需將句子名詞化，而是以「疑問詞〜か」的方式連接助詞，且此時的助詞在口語裡經常省略。而當前面句子為名詞句或ナ形容詞句時，「名詞だ」、「ナ形だ」的「だ」要去除，再接「か」或「なのか」。

┃例文┃

◆ 台北はどんな町か、知っていますか。

　你知道臺北是怎麼樣的城市嗎？

◆ なぜこの店が有名なのか、わかりません。

　我不懂為什麼這家店會有名氣。

◆ どれが一番おいしいか、教えてください。

　請告訴我哪一個最好吃。

◆ きのうここへ誰が来たか、わかりますか。

　昨天來的人是誰，你知道嗎？

┃実戦問題┃

____ ____ ____ ★決まりましたか。

1 注文する　　　　**2** を　　　　　　**3** 何　　　　　　**4** か

37 ～かどうか

┃意味┃ 是否…

┃接続┃
名詞普通形
ナ形普通形 ┃
イ形普通形 ┣ ＋かどうか
動詞普通形 ┃

┃説明┃

如果前面的疑問句不包含疑問詞時，則必須以「か＋どうか」的形式連接句子。「～かどうか」表示「是否、是不是」。但切記，有疑問詞的疑問句不可以用此句型。而當前面句子為名詞句或ナ形容詞句時，要去除「だ」再接「かどうか」。

┃例文┃

◆ 先生が帰国したかどうか知っていますか。

  你知道老師是否已經回國嗎？

◆ あした天気がよくなるかどうかわからない。

  不知道明天的天氣是否會變好。

◆ 間違いがないかどうか、調べてください。

  請查一下有沒有錯誤。

🎯 **重要**

「あるかどうか」及「ないかどうか」的中文雖然都翻譯成「有沒有」，但是作「あるかどうか」時，說話者期待的是「有」；而作「ないかどうか」時，說話者期待的則是「沒有」。因此對於「錯誤」這種一般並不希望有的事物，通常就會作「間違いがないかどうか」。

┃実戦問題┃

ケーキを食べたいが、ダイエット中だから、＿＿ ＿＿ ★ ＿＿。

1 食べる　　　　**2** どうか　　　　**3** か　　　　**4** 迷っている

38 ～たことがある

┃意味┃ 曾經做過…

┃接続┃ 動詞た形＋ことがある

┃説明┃

表示曾有過某種經歷，或曾做過某事。說話者站在現在的時間點，敘述以前的經驗，因此句尾的「ある」不能作過去式。否定時作「～たことがない」，表示沒有過某項經驗。針對「～たことがありますか。」的問句，可以回答「はい、～たことがあります。」、「いいえ、～たことがありません。」，也可以簡單回答「はい、（～回）あります。」、「いいえ、（一度も）ありません。」，或作其他回答等。

┃例文┃

◆ 鈴木さんは富士山に登ったことがあります。

　　鈴木小姐曾經爬過富士山。

◆ 私はディズニーランドへ行ったことがありません。

　　我沒去過迪士尼樂園。

◆ A：林さん、台湾へ行ったことがありますか。

　　　　林小姐你曾經去過臺灣嗎？

　　B：はい、二、三回あります。

　　　　有，去過兩、三次。

◆ 私は何度も携帯電話をなくしたことがあります。

　　我曾好幾次弄丟了手機。

┃実戦問題┃

彼は若い頃、戦争＿＿＿　＿＿＿　＿＿＿　★＿あります。

1 に　　　　　　　**2** こと　　　　　　　**3** が　　　　　　　**4** 参加した

39 〜ことがある

┃意味┃ 偶爾會發生…

┃接続┃ 動詞辞書形／ない形＋ことがある

┃説明┃

用於敘述某事不常但偶爾會發生。若要表示相反的「偶爾不會…」，則需將前接的動詞改為ない形，而不是作「〜ことがない」。「〜ことがある」也可以改成類似用法「〜場合がある」和「〜時がある」表示。

┃例文┃

◆ 家の近くのコンビニで、たまに元教え子と会うことがあります。

　偶爾會在住家附近的便利商店遇到以前的學生。

◆ 学校は台風で休む場合があります。

　學校有時會因颱風而停課。

◆ 冬は寒くてたまに風呂に入らない時があります。

　冬天因為冷，偶爾會不洗澡。

重要

「ことがある」有許多應用句型，使用時須留意分辨前接動詞た形與辭書形時的差別，以及注意各自的否定形式。

〜ことがある	：表示某事雖然不是常態，但偶爾也會發生。
〜ないことがある	：表示雖然平常都有做某事，但偶爾也會不做。
〜たことがある	：表示曾經有過某項經驗或曾做過某事。
〜たことがない	：表示不曾有過某項經驗或不曾做過某事。

┃実戦問題┃

料理が得意な人でも、＿＿＿ ＿＿＿ ＿＿＿ ★ があります。

1 指を　　　　　**2** こと　　　　　**3** 切る　　　　　**4** たまに

40 ～ことができる

▎**意味**▎ 會…；可以…

▎**接続**▎ 動詞辞書形＋ことができる

▎**説明**▎

表示有能力或外在環境許可作某事。「できる」是第Ⅱ類動詞，所以ます形為「できます」。否定時則是將「できる」改成「できない」，變成「～ことができない」，表示「不能…」。

▎**例文**▎

◆ 林さんは日本語で手紙を書くことができます。

　林先生會用日文寫信。

◆ 夏は海で泳ぐことができます。

　夏天可以在海邊游泳。

◆ 私は朝5時に起きることができません。

　我早上5點起不來。

◆ お金がないから日本に留学することができない。

　因為沒有錢，所以無法到日本留學。

▎**実戦問題**▎

水族館＿＿＿　＿＿＿　＿＿＿　★＿＿できます。

1 ことが　　　　　**2** では　　　　　　**3** クジラを　　　　**4** 見る

41 ～ができる

┃意味┃ 會…；可以…

┃接続┃ 名詞＋ができる

┃説明┃

「できる」前面也可以連接名詞，但僅限語言類、運動類、樂器類的名詞，以及可接「する」變成動詞的名詞，例如：「電話（する）」、「花見（する）」、「勉強（する）」、「掃除（する）」。助詞「が」在此表示能力的對象，或外在環境許可的對象。

┃例文┃

◆ 岡本さんはバイオリンができます。

　　岡本先生會拉小提琴。

◆ 橋本さんは水泳ができません。

　　橋本小姐不會游泳。

◆ 雪が降りましたから、スキーができます。

　　下雪了，所以可以滑雪。

◆ ケータイを忘れたから、電話ができません。

　　因為忘了帶手機，無法打電話。

┃実戦問題┃

私はまだ 14 歳＿＿＿　＿＿＿　＿＿＿　＿★＿できません。

1 ので　　　　　**2** な　　　　　**3** が　　　　　**4** アルバイト

42 動詞可能形

| 説明 |

除了剛剛學到的「～ことができる」、「～ができる」之外，也可以直接改變動詞形態，作動詞可能形，使其直接表達「能做…事」。各類動詞變化後的可能形，都會變成第Ⅱ類動詞。

①第Ⅰ類動詞：語尾ウ段音改成エ段音，然後加「る」。又稱為「可能動詞」。

買う	行く	話す	読む
⬇	⬇	⬇	⬇
買える	行ける	話せる	読める

②第Ⅱ類動詞：語尾「る」去掉，直接加「られる」。

いる	起きる	教える	食べる
⬇	⬇	⬇	⬇
いられる	起きられる	教えられる	食べられる

③第Ⅲ類動詞：不規則變化。

来る	する	運動する
⬇	⬇	⬇
来られる	できる	運動できる

| 実戦問題 |

1 走る　　→＿＿＿＿＿＿＿　　2 選ぶ　　→＿＿＿＿＿＿＿

3 忘れる　→＿＿＿＿＿＿＿　　4 修理する→＿＿＿＿＿＿＿

43 ～（ら）れる

▎**意味**▎ 會…；可以…

▎**接続**▎ 動詞可能形

▎**説明**▎

動詞可能形除了表示人的能力或事物的可能性之外，亦可用於表示物品的本質或性能等。而他動詞改成可能形後，經常將原來的受詞後面所接的助詞「を」改成「が」使用。

▎**例文**▎

◆ この水が飲めます。

　　這個水可以喝。

◆ 台湾で日本の番組が見られます。

　　在臺灣可以看到日本的電視節目。

◆ このスーツは水で洗えない。

　　這件西裝不可以用水洗。

◆ この木の実はまだ食べられない。

　　這棵樹的果實還不能吃。

 重要

> 動詞可能形的用法及意思等同「～ことができる」，例如：「見られる」就等於「見ることができる」。

▎**実戦問題**▎

好きな音楽＿＿＿　＿＿＿　＿＿＿　★＿忘れられます。

1 聴くと　　　　　**2** が　　　　　　**3** を　　　　　　**4** いやなこと

44 見える／聞こえる

| 意味 | 見える：看得見

聞こえる：聽得到

| 説明 |

「見える」和「聞こえる」是兩個特殊動詞，分別表示「張開眼就看得到」、「聲音自然傳入耳朵」，在日語語法中稱此為「自発動詞」。所謂「自発」，意指動作或行為不是經由人的積極意志促成，而是自然或自動實現的現象或作用。

| 例文 |

◆ この窓から山が見えます。　從這扇窗看得見山。

◆ 私の声が聞こえますか。　聽得到我的聲音嗎？

◆ まっ暗で何も見えません。　黑漆漆的什麼都看不見。

重要

特別注意「見る」和「聞く」的可能形是「見られる」和「聞ける」，指的是外在環境許可或人們有意識地去看、去聽。

◆ 今晩テレビで野球の試合が見られる。　今晩在電視上可以看到棒球賽。

◆ ラジオでニュースが聞ける。　用收音機可以收聽新聞。

| 実戦問題 |

裸の王様の服は＿＿＿ ＿＿＿ ＿＿＿ ★ 。

1 見えません 　　　　　　　　　2 が

3 見られる 　　　　　　　　　4 バカ者しか

● 模擬試験 ●

次の文の（　　）に入れるのに最もよいものを、1・2・3・4から一つ選びなさい。

1 まだ新入生ですから、友達が（　　）心配です。
　　1 できる　　　　　　　　　　　　2 できるの
　　3 できるかどうか　　　　　　　　4 できること

2 A：あしたご都合はどうですか。学校へ（　　）か。
　　B：はい、大丈夫です。
　　1 こられます　　　2 くれます　　　3 きれます　　　4 きられます

3 このボタンを押すと、ラジオ（　　）。
　　1 で　聞けます　　　　　　　　　2 が　聞けます
　　3 を　聞こえます　　　　　　　　4 が　聞こえます

4 あそこの標識に書かれている文字（　　）か。
　　1 を　見えます　　　　　　　　　2 が　見えます
　　3 を　見られます　　　　　　　　4 が　見られます

5 誰でも授業中に寝てしまう（　　）。
　　1 ことが　あります　　　　　　　2 のが　あります
　　3 ことが　ありせん　　　　　　　4 のが　ありません

6 未成年なので、まだお酒を（　　）がありません。
　　1 飲むの　　　　　2 飲んだの　　　3 飲むこと　　　4 飲んだこと

7 週末はうちで（　　）が好きです。
　　1 ごろごろする　　　　　　　　　2 ごろごろします
　　3 ごろごろ　　　　　　　　　　　4 ごろごろすること

8 誰もいないので、大声で話す（　　）。

1 ことが　あります　　　　　　　　2 のが　あります

3 ことが　できます　　　　　　　　4 のが　できます

9 大雨なので、（　　）できません。

1 試合が　　　　　2 試合に　　　　　3 試合する　　　　4 試合こと

10 その会議に誰が（　　）分かりますか。

1 出席する　　　　　　　　　　　　2 出席するのを

3 出席するか　　　　　　　　　　　4 出席すること

11 もしもし、林さん？私の声（　　）か。

1 を　聞けます　　　　　　　　　　2 が　聞けます

3 を　聞こえます　　　　　　　　　4 が　聞こえます

12 スマホでテレビ（　　）。

1 を　見えます　　　　　　　　　　2 を　見れます

3 が　見えます　　　　　　　　　　4 が　見られます

13 体に悪いから、タバコを（　　）をやめます。

1 吸う　　　　　2 吸うの　　　　　3 吸い　　　　　4 吸っての

14 ごめん、500 円貸して。今日財布を持って（　　）忘れた。

1 くる　　　　　2 きた　　　　　3 くるのを　　　　4 きたのを

15 私の夢は宇宙旅行を（　　）。

1 します　　　　　　　　　　　　　2 することです

3 してのことです　　　　　　　　　4 するのです

第 5 週

Checklist

45 ～がする

┃**意味**┃ 有…的感覺

┃**接続**┃ 名詞＋がする

┃**説明**┃

「する」是個自他兩用動詞，當作自動詞「～がする」時，前面常接續氣味、聲音、感覺等名詞，用來表達「聞到」、「聽到」、「覺得」等自然感受到的某種現象或狀態。

┃**例文**┃

◆ 自動車の音がします。　聽到汽車的聲音。

◆ 変な味がします。　吃起來味道很奇怪。

◆ いい気持ちがします。　感覺很舒適。

 重要

有些名詞可以直接後接「する」變成動詞，或先接「を」之後再接「する」，成為「する」的受詞，例如：「電話（を）する」、「花見（を）する」、「勉強（を）する」，此時的「する」為他動詞，表示「做…」。另外，價格或時間的數量詞後接「する」時，表示「花費…」，亦可作「數量詞＋も＋する」，此時「も」為強調數量之多的用法。

◆ このワインは100万円もします。

這瓶紅酒要價日幣 100 萬圓。

┃**実戦問題**┃

布団を干した後、いつも＿＿ ＿＿ ＿＿ ★します。

1 の　　　　　**2** におい　　　　　**3** お日様　　　　　**4** が

46 ～にする

┃**意味**┃ 決定…；要…

┃**接続**┃ 名詞＋にする

┃**説明**┃

表示說話者選擇了某一事物，這個句型多用在點餐或選擇物品時。助詞「に」表示決定的結果。會話中則經常將「～は＋名詞＋にする」的句型，簡略成「～は＋名詞＋だ」。

┃**例文**┃

◆ 飲み物は何にしましょうか。

你要喝什麼飲料？

◆ 日時は来週の土曜日にしました。

日期定於下星期六。

◆ サイズはＬにしますか、Ｍにしますか。

尺寸要大的還是中的呢？

◆ 私はカレーライスにします。

我要咖哩飯。

┃**実戦問題**┃

晩ご飯は寿司___★___ ___ ___ ___コンビニでおにぎりを買って食べました。

1 ですが   **2** にしたかった

3 ので   **4** お金がない

47 ～ことにする

┃意味┃ （我）決定…

┃接続┃ 動詞辞書形／ない形＋ことにする

┃説明┃

將「～にする」接在形式名詞「こと」之後，可用於表示自己本身決定去做某事的決心及意志。主要用在已做出的決定，因此通常是作過去式「～ことにした」。若是決心不做某事時則作「～ないことにした」。

┃例文┃

◆ 私は毎日ジョギングをすることにしました。

　我決定每天慢跑。

◆ 来年留学することにしました。

　我決定明年去留學。

◆ これからタバコを吸わないことにしました。

　我決定從今以後不再抽菸。

◆ 年に1回、老人ホームでボランティアをすることにしました。

　我決定1年1次到養老院當志工。

┃実戦問題┃

誰かの命を救いたいと思っているから、＿＿＿ ＿＿＿ ＿＿＿ ★ 。

1 にした　　　　**2** になる　　　　**3** こと　　　　**4** お医者さん

48 ～ことになる

┃意味┃ 決定…

┃接続┃ 動詞辞書形／ない形＋ことになる

┃説明┃

「なる」表示非人為、自然而然的變化，對照於「～ことにする」是說話者主動、積極地做某項決定，「～ことになる」則是表示外在因素自然產生的決定、結果。

┃例文┃

◆ 来年から作文は試験しないことになりました。

　決定從明年開始不考作文。

◆ 会議は９時から始まることになりました。

　會議預定從９點開始。

◆ 父は来月アメリカに出張することになりました。

　父親下個月要去美國出差的事已經排定了。

重要

日本人一般不喜歡直接地表達私人欲望，所以有時明明是說話者自己的決定，也會以「～ことになる」的方式表現，例如喜帖上常見的：

◆ このたび私たちは結婚することになりました。

　這次我們決定要結婚了。

┃実戦問題┃

先月の台風の影響で、野菜の＿＿ ＿＿ ＿＿ ★ ました。

1 になり　　　　**2** こと　　　　**3** 値段　　　　**4** が上がる

49 ～と言った

┃意味┃ （他人）說了…

┃接続┃ 文＋と言った

┃説明┃

助詞「と」在這裡表示說話的內容，類似中文的標點符號：「 」。前接的引述內容可以是一個語詞、句子或文章。若有轉述對象時則用「に」表示，作「AはBに～と言った」或「～とAはBに言った」。「A」為說話者，「B」為說話對象。引用的方式分為直接引用和間接引用兩種，不論哪種引述句與主句間的時態、文體都為各自獨立，並無直接關聯。

①直接引用：將別人所說的內容原封不動引用，並用引號「」框起。「と」前面的句子可能是敬體或普通體，視原說話者當時使用的文體而定。

②間接引用：將別人所說的話經過整理轉述，「と」前面的引述句多以普通體表示，並且不使用引用符號。

┃例文┃

①

◆ 一花ちゃんが私に「おはよう」と言いました。

　　一花對我說：「早安」。

◆ 医者は田中さんに「薬を飲むのは忘れないでください」と言った。

　　醫生對田中先生說：「請不要忘記吃藥」。

②

◆ 莉子ちゃんは先月日本へ遊びに行ったと言いました。

　　莉子說上個月去日本玩了一趟。

◆ 悠真君は来年結婚すると言った。

　　悠真說明年要結婚。

┃実戦問題┃

スタッフさんは＿＿＿ ＿＿＿ ＿＿＿ ★＿ました。

1 写真や　　　　　**2** は禁止　　　　　**3** と言い　　　　　**4** 動画の撮影

50 ～と言っていた

｜意味｜ （他人）說了…

｜接続｜ 文＋と言っていた

｜説明｜

「～と言った」指的是當時某人說了什麼話，描述的是事實。但若焦點為某人說話的內容，並將其視同訊息傳遞、轉告時，必須改成「～と言っていた」。

｜例文｜

◆ 花子ちゃんは来ないと言っていました。

　花子說了她不來。

◆ 部長は会議に出席できると言っていました。

　經理說他能出席會議。

◆ 悠真君は「来年結婚するつもりです」と言っていた。

　悠真說了他打算明年要結婚。

｜実戦問題｜

先生：加藤君、まだ来ないですね。どうしたか誰か知っていますか。

生徒：加藤さんは熱が出た＿＿＿　＿＿＿　＿＿＿　★＿いました。

1 を休む　　　　**2** と言って　　　　**3** 今日学校　　　　**4** ので

51 ～ということ

| **意味** | 說明

| **接続** | 文＋ということ

| **説明** |

用於說明對方可能不知道的事。由表引述、傳聞的「～という」，加上形式名詞「こと」轉變而來，作「句子＋ということ＋助詞＋述語」。述語常為「知る」、「聞く」、「伝える」、「話す」等表示思考、傳達、說話的動詞。其中「という」雖然可省略，但為了讓對方更明白語意，通常不會省略。

| **例文** |

◆ 夫が無事だということを聞いて安心しました。

　聽到丈夫平安的消息就安心了。

◆ 先生が日本に帰るということを知っていますか。

　你知道老師要回日本的事嗎？

 重要

「という」除了與形式名詞「こと」並用之外，也可以用於串連表示事件、經驗、性格等抽象名詞與其內容。

◆ 海外で中国語を教えるという仕事に応募した。

　應徵了一份在海外教中文的工作。

◆ トラックが人をひき殺したという事故があった。

　發生卡車碾死人的交通事故。

| **実戦問題** |

石川：今朝、京王線で＿＿＿ ＿＿＿ ★ ＿＿＿ましたか。

後藤：ええ。私は電車で通勤していますから。

1 ということ　　　　**2** 事故　　　　　　**3** があった　　　　**4** を聞き

52 〜ように言う

┃意味┃ …說（間接指示、命令）

┃接続┃ 動詞辞書形／ない形＋ように言う

┃説明┃

表示間接引述對他人的請求、願望或委婉命令，帶有叮嚀的意思。要注意的是，因為是間接引述「希望對方做…」，因此前面只能是「動詞辞書形／ない形」，不可是「動詞てください／なさい」等形式。另外，「言う」也可以用「頼む」、「注意する」、「命令する」等動詞替換。

┃例文┃

◆ あの人に心配しないように言ってください。

　　請幫我跟他說不用擔心。

◆ 先生が学生にその本を読むように言いました。

　　老師交代學生要閱讀那本書。

◆ 学生たちに図書館で大声を出さないように注意しました。

　　提醒學生們不要在圖書館大聲喧嘩。

重要

「〜と＋言う／頼む／注意する／命令する」為直接引述請求、願望或命令，此時前面才可以用「動詞てください／なさい」形式，把當時請對方或命令對方做某事的說法直接表達出來。

◆ 先生が学生にその本を読みなさいと言いました。

　　老師叫學生看那本書。

┃実戦問題┃

母が弟に食事する＿＿＿　＿＿＿　＿＿＿　＿★＿言いました。

1 前に　　　　　　**2** 食べない　　　　**3** おやつを　　　　**4** ように

53 〜てみる

┃意味┃ 試著做…

┃接続┃ 動詞て形＋みる

┃説明┃

日語裡某些動詞可以接在另一個動詞的て形之後，用於輔助、豐富前項動詞的語意，稱為「補助動詞」。「みる」漢字寫作「見る」，原意為「看」，當作為補助動詞時，則表示「試著做某項動作」，且不能為否定形。

┃例文┃

◆ やってみます。

我試著做做看。

◆ コートを着てみます。

我試穿大衣看看。

◆ ケーキを作ってみました。

我試著作了蛋糕。

重要

補助動詞的語意會虛化成抽象，即使原本有漢字可標示，也多以平假名書寫。而已經學過的「いる」、「ある」、「あげる」、「くれる」、「もらう」都可當作補助動詞使用。

┃実戦問題┃

大人になった後、いつか船で＿＿＿ ＿＿＿ ＿＿＿ ★＿です。

1 世界 **2** を **3** みたい **4** 一周して

54 ～ておく①

▎**意味**▎ 先把⋯做好

▎**接続**▎ 動詞て形＋おく

▎**説明**▎

「おく」漢字寫作「置く」，原意為「放置」，作為補助動詞時，表示為了達成某目的，事先做好某事。

▎**例文**▎

◆ 旅行の前に飛行機のチケットを買っておきます。

　旅行前要先把機票買好。

◆ 夏の服はしまっておきましょう。

　夏天的衣服先收起來吧。

◆ 試験の前の日に、習ったところを復習しておきます。

　考試的前一天，要先把學過的地方複習好。

◆ あしたから野菜の値段が上がるので、今日たくさん買っておきました。

　因為明天起蔬菜要漲價，所以今天先多買了一些。

▎**重要**▎

補助動詞也可以て形累加，此時表示授受的補助動詞通常置於最後。

◆ 使う食器は洗っておいてくださいね。

　請先把要用的餐具清洗好。

▎**実戦問題**▎

旅行に行く前に、きちんとホテル____ ____ ____ ★ ました。

1 予約を　　　　**2** おき　　　　**3** などの　　　　**4** 確認して

55 ～ておく②

┃**意味**┃ 放任；維持現狀

┃**接続**┃ 動詞て形＋おく

┃**説明**┃

「～ておく」作為補助動詞時，還能表示在做了某項動作之後，便放任其呈現某種狀態不管或持續維持某種狀態。

┃**例文**┃

◆ まだここにいるから、窓を開けておいてください。

我還要待在這裡，窗戶請開著就好。

◆ その新聞は後で読みますから、そこに置いておいてください。

那份報紙我待會兒要看，請放在那裡就好。

◆ 思い出のあるものなので、そのまま残しておきたい。

因為是充滿回憶的東西，我想要就這樣保留下來。

┃**重要**┃

不論「～ておく」的語意是表示「事先做好…」還是「放任；維持現狀」，在口語中，都經常將「ておく」說成「とく」，「でおく」說成「どく」。

◆ 放っておいてください。→ ほっといてください。

（請放著我不管＝）別管我。

◆ この薬を飲んでおく。→ この薬を飲んどく。

先吃這個藥。

┃**実戦問題**┃

お客さん：ごちそうさまでした。＿＿＿ ＿＿＿ ＿＿＿ ★＿＿ますよ。

1 おき　　　　**2** お金は　　　　**3** 置いて　　　　**4** テーブルに

● 模擬試験 ●

次の文の（　　）に入れるのに最もよいものを、1・2・3・4から一つ選びなさい。

1 さっき先生は来週も会議がある（　　）。
   1 を　言っています　　　　　　　**2** を　言っていました
   3 と　言っています　　　　　　　**4** と　言っていました

2 彼が学校を辞めた（　　）を聞きました。
   1 という　　　　　　　　　　　**2** ということ
   3 ようだ　　　　　　　　　　　　**4** そうだ

3 卒業したら、就職する（　　）します。
   1 のに　　　　　　　　　　　　　**2** のを
   3 ことに　　　　　　　　　　　　**4** ことを

4 同僚に出張の報告書を金曜日までに（　　）ように言いました。
   1 提出する　　　　　　　　　　　**2** 提出してください
   3 提出しなさい　　　　　　　　　**4** 提出しろ

5 ごめん、いまものすごく気分が悪い。吐き気（　　）します。
   1 を　　　　　　**2** が　　　　　　**3** に　　　　　　**4** ことに

6 先に（　　）が、まだ10時前ですから、どの店も閉まっていますよ。
   1 言っときます　　　　　　　　　**2** 言っています
   3 言ってきます　　　　　　　　　**4** 言ってみます

7 デザートはケーキかアイスクリームか、どちら（　　）しますか。
   1 に　　　　　**2** が　　　　　**3** を　　　　　**4** で

⑧ 先生は私にあした遅刻しないでください（　　）言いました。

   1 と　　　　　　　　　**2** ように　　　　　　　**3** ことを　　　　　　　　**4** のを

⑨ もう私のことは（　　）ください。

   1 ほっていって　　　　　　　　　　　　　**2** ほってあって

   3 ほっとあって　　　　　　　　　　　　　**4** ほっといて

⑩ 興味のある方はぜひチャレンジして（　　）ください。

   1 いて　　　　　　　**2** あって　　　　　　**3** みて　　　　　　　　**4** おって

⑪ この花はいい香り（　　）ね。

   1 を　します　　　　　　　　　　　　**2** が　します

   3 を　できます　　　　　　　　　　　**4** が　できます

⑫ あした彼女とデートするので、人気のレストランを（　　）。

   1 予約できます　　　　　　　　　　**2** 予約とります

   3 予約しておきます　　　　　　　　**4** 予約ときます

⑬ 最後に彼は何度も「ありがとう！」（　　）。

   1 を　言っています　　　　　　　**2** を　言いました

   3 と　言っています　　　　　　　**4** と　言いました。

⑭ 田中さんはここで待ってください（　　）言っていました。

   1 と　　　　　　　**2** を　　　　　　　**3** で　　　　　　　　**4** ように

⑮ 来年から、消費税が上がる（　　）。

   1 ことに　します　　　　　　　　**2** ことが　します

   3 ことに　なります　　　　　　　**4** ことが　なります

第 **6** 週

Checklist

56 ～ていく

┃意味┃ ①（向遠處）去　②逐漸…下去　③繼續…

┃接続┃ 動詞て形＋いく

┃説明┃

表示某人或物由近向遠處移動。當補助動詞時，用法有以下三種：

①表示空間上遠離說話者。由於此用法意思尚保持原意，有時亦可寫出漢字。

②表示某種傾向擴大，未來將隨著時間日益變化。常與「だんだん（漸漸）」等副詞一起使用。

③表示動作向未來持續發展。

┃例文┃

①

◆ 橋を渡っていきます。　走過橋去。

◆ 鳥が空へ飛び立って行きました。　小鳥往天空飛去了。

②

◆ だんだん寒くなっていきます。　天氣會漸漸變冷。

◆ 時間はどんどん過ぎていきます。　時間快速飛逝。

③

◆ これからも頑張っていきます。　今後亦將繼續努力。

┃実戦問題┃

あのスポーツ選手は＿＿＿　＿＿＿　＿＿＿　★＿＿ます。

1 続けて　　　　　**2** 訓練を　　　　　**3** いき　　　　　**4** 引退しても

57 ～てくる

┃意味┃ ①（從遠處）來 ②逐漸…起來

┃接続┃ 動詞て形＋くる

┃説明┃

表示某人或物由遠向近處移動。當補助動詞時，用法有以下三種：

①表示空間上朝說話者趨近。此用法由於意思尚保持原意，有時亦可寫出漢字。

②表示狀態從以前到現在隨著時間日益變化。

③表示動作或狀態從以前持續到現在。中文無直接對應的解釋，因此通常不譯。

┃例文┃

①
- ◆向こうから歩いてきました。 從對面走了過來。
- ◆学生たちが教室に入って来ます。 學生們進到教室來。

②
- ◆お腹が空いてきました。 肚子越來越餓。
- ◆日本語が上手になってきました。 日語變得越來越好。

③
- ◆10年前からこの会社に勤めてきました。 打從10年前就在這家公司上班。

 重要

「～て行く」、「～て来る」有時可能只是前後句動作用て形串連，此時的「行く」、「来る」意指具體的移動動作。

- ◆お金を払って行きました。 付了錢後才離開。

- ◆すいかを買って来ました。 我買西瓜回來了。

┃実戦問題┃

祇園祭りは9世紀から＿＿★＿ ＿＿＿ ＿＿＿ ＿＿＿ます。

1 続いていき **2** 続いてきた **3** 伝統文化で **4** これからも

58 ～てしまう

┃意味┃ …完了

┃接続┃ 動詞て形＋しまう

┃説明┃

「しまう」漢字寫作「仕舞う」，意思為「做完、結束」或「收拾、收好」，通常不寫漢字。當補助動詞時，用法有以下兩種：

①表示動作的完了。

②表示並非本意地做了令人後悔的事，或遺憾某事情已無法回復成原來的狀態，含有負面的情緒，通常不會翻譯出來。

┃例文┃

①

◆ 宿題をやってしまいました。　功課做完了。

◆ この漫画を全巻読んでしまった。　看完了這套漫畫。

②

◆ 友達に借りたものを壊してしまいました。　把跟朋友借的東西弄壞了。

◆ 寝坊して学校に遅れてしまった。　早上睡過頭，上學遲到了。

　重要

口語中「てしまう」常省略為「ちゃう」，「でしまう」則是「じゃう」。

◆ バスは行ってしまった。→バスは行っちゃった。　公車離站了。

◆ 野良犬が死んでしまった。→野良犬が死んじゃった。　流浪狗死了。

┃実戦問題┃

前田：ひどい怪我ですね。どうしましたか。

小野：昨日散歩している＿＿＿　＿＿＿　＿＿＿　★ました。

1 ぶつかって　　　**2** しまい　　　**3** 時　　　**4** 自転車に

59 ～だす

┃意味┃ ①…出來　②…起來

┃接続┃ 動詞ます＋だす

┃説明┃

他動詞「だす」漢字寫作「出す」，原意是「使向外移動；使產生」，也可作「取出、送出、發出」解釋。與其他動詞合組成複合動詞時，通常不寫成漢字，主要有以下兩種用法：

①前接含「移動」語意的動詞時，表示某人、事、物向外移動。

②前接不含「移動」語意的動詞時，表示某動作或某作用突然發生、出現。

┃例文┃

①

◆ 図書館から本を借りだします。　從圖書館把書借出來。

◆ 子供が道に飛びだした。　小孩子突然竄出馬路。

②

◆ 彼女は急に泣きだしました。　她突然哭了出來。

◆ あ、雨が降りだしました。　啊，下起雨來了。

重要

「だす」表動作、作用的發生或出現具有意外性，因此不能接請求或意志表現。另外，「だす」對應的自動詞「でる」，中文意思為「出來、出去」，且「でる」無法接在其他動詞後面構成複合動詞。

┃実戦問題┃

ずっと独身の姉が＿＿ ＿＿ ＿＿ ★＿、みんなはびっくりした。

1 だして　　　　　**2** 急に　　　　　**3** と言い　　　　　**4** 来月結婚する

87

60 〜はじめる

┃意味┃ 開始…

┃接続┃ 動詞ます＋はじめる

┃説明┃

他動詞「はじめる」漢字寫作「始める」，原意是「開始」。與其他動詞合組成複合動詞時，則表示某動作或某作用的起始，後可接請求或意志表現。

┃例文┃

◆ 昨夜8時ごろから雨が降りはじめました。

　　昨晚8點左右開始下雨。

◆ 生け花を習いはじめます。

　　開始學習插花。

◆ 先にご飯を食べはじめましょう。

　　我們先開始吃飯吧。

重要

> 「はじめる」相對應的自動詞是「はじまる」，意思也是「開始」，但「はじまる」無法作為複合動詞使用。另外，「〜はじめる」有時可與「〜だす」互換，但「〜はじめる」較偏向「開始→持續→結束」的第一個過程，且動作會持續一段時間；「〜だす」則偏重在「動作開始的那一瞬間」。

┃実戦問題┃

家庭菜園にあるミニトマトが＿＿＿ ＿＿＿ ＿＿＿ ★。食べるのが楽しみです。

1 ようやく 　　　　**2** なり 　　　　**3** 赤く 　　　　**4** はじめました

61 ～おわる

┃意味┃ …完了

┃接続┃ 動詞ます＋おわる

┃説明┃

「おわる」漢字寫作「終わる」，是自他兩用動詞，原意是「結束、終了」。組成複合動詞時，表示使該動作進行的過程終結。「おわる」意指「開始→持續→結束」的最後過程，因此不能連接沒有明顯結束階段的動詞，例如瞬間動詞或狀態動詞等。

┃例文┃

◆ きのう、その小説を読みおわりました。

　　昨天把那本小說讀完了。

◆ 5時間かかって、やっとレポートを書きおわりました。

　　花了 5 小時，終於寫完報告了。

◆ ご飯食べおわったら、皿を片付けなさい。

　　吃完飯的話就把盤子收拾好。

重要

「おわる」若用在人的意志動作時，也可以用他動詞「おえる」代替。如果要表示自然現象或生理現象（哭、笑）的終了時，則用「止む（停止）」。

◆ きのう、その小説を読みおえました。　昨天把那本小說讀完了。

◆ 風が吹き止んだ。　風停了。

┃実戦問題┃

問題を＿＿＿ ＿★＿ ＿＿＿ ＿＿＿、一度チェックしてください。

1 解き　　　　　**2** 前に　　　　　**3** 提出する　　　　**4** おわったら

62 　〜つづける

┃意味┃ 一直…；不斷…

┃接続┃ 動詞ます＋つづける

┃説明┃

他動詞「つづける」漢字寫作「続ける」，原意是「繼續」。組成複合動詞時，表示某動作或某作用不斷進行。另外，與相似文法「〜ている」不同的是，「〜つづける」表示動作持續發展，而「〜ている」則是指動作持續的狀態，兩者甚至可以並用。

┃例文┃

◆ 彼らは政治の話をしつづけました。

　　他們持續談論著政治的話題。

◆ 朝から晩まで歩きつづけました。

　　從白天一直走到晚上。

◆ ドルが上がりつづけています。

　　美元正在持續升值。

重要

「つづける」的自動詞「つづく」，意思也是「繼續」，但「つづく」只接在極少數動詞像是「降る」等後面構成複合動詞。

◆ 雨が降りつづきます。

　　雨持續下著。

┃実戦問題┃

雪が降っているのに、あの人は＿＿　＿＿　＿＿　★　います。大丈夫でしょうか。

1 ずっと外で　　　**2** つづけて　　　　**3** もう1時間　　　**4** 立ち

63 〜まま（で）

║意味║ 維持…狀態…

║接続║
名詞の
ナ形な
イ形い
動詞た形／ない形
｝＋まま（で）

║説明║

「まま」為名詞，意思是「按照原樣」。文法上則表示某事一直維持著某種狀態，沒有改變；或是某人以不尋常的狀態，進行後項動作。如果是以正常的狀態進行動作，則要用「〜て」，不可用「〜ままで」。

║例文║

◆ 弟はめがねを掛けたまま寝ています。

弟弟眼鏡還戴著就睡著了。

◆ あの人は傘を差さないまま、雨の中に佇んでいます。

那個人沒有撐傘，就一直佇立在雨中。

◆ 10年ぶり故郷へ帰ると、昔のままで何も変わっていない。

睽違 10 年重返故鄉，景物依舊，沒有任何改變。

重要

「まま」前接的動詞只限於「開ける」、「消す」等變化動詞或瞬間動詞，不適合接「歩く」、「飲む」等繼續動詞。

║実戦問題║

魚やウサギなどたくさんの動物は目を___★___ ____ ____ ____できます。

1 寝る　　　　**2** まま　　　　**3** 開けた　　　　**4** ことが

64 〜てもいい／てもかまわない

┃意味┃ 做…也可以；做…也沒關係

┃接続┃ 名詞で
ナ形で ┐
イ形くて ┣ ＋ もいい
動詞て形 ┘ もかまわない

┃説明┃

①用於許可、允許別人做某事。作疑問句時，則表示詢問自己可否做某件事。

②表示說話者的個人想法或對某事讓步，含有對某事不在乎的語意。

┃例文┃

①

◆ もう帰ってもいいですよ。

已經可以回家了喔。

◆ A：鉛筆で書いてもかまいませんか。

可以用鉛筆寫嗎？

B：はい、かまいません。

是的，沒關係。

②

◆ 料金がちょっと高くてもかまいません。

費用稍微貴一點也沒關係。

◆ 一人で帰ってもいいから。

我一個人也可以回去的。

重要

回答疑問句時，肯定回答作「はい、いいですよ。」、「はい、どうぞ。」等。否定回答則多以「いいえ、ちょっと〜」委婉拒絕，也可以用請求句「〜ないでください」直接拒絕，但較不符合日本人的溝通習慣。

◆ Ａ：ここでタバコを吸ってもかまいませんか。

　　　可以在這裡抽菸嗎？

　Ｂ：いいえ、それはちょっと…。

　　　不，那有點……。

実戦問題

今回はオープンブックテストですから、＿＿　＿＿　＿＿　★。

1 教科書を　　　　**2** テスト中　　　　**3** 見ても　　　　**4** かまいません

65 ～なくてもいい／なくてもかまわない

┃意味┃ 可以不做…；沒必要做…

┃接続┃ 動詞ない＋なくてもいい／なくてもかまわない

┃説明┃

表示「沒有必要做某件事」或「允許不做某事」。此句型適合用於詢問某件事是否不必做。如果答案是肯定，直接重覆問句述語即可；若答案為否定，則可改用請求句型「～てください」下達指令。

┃例文┃

◆ A：あした来なくてもいいですよね。　明天不用來，對吧？

　　B：いいえ、来てください。　不對，要來。

◆ A：私はにんじんが嫌いです。　我討厭吃紅蘿蔔。

　　B：じゃ、食べなくてもかまわないよ。　那麼，你可以不要吃喔。

◆ そんなに無理しなくてもいい。　用不著那麼勉強。

 重要

要表達「沒有必要」時，也可直接用「動詞辞書形＋必要はない」表示。

◆ 入場料を払う必要はない。　不必付入場費。

┃実戦問題┃

部長：この後みんなで飲み会に行くんですが、お酒が＿＿＿　＿＿＿　＿＿＿

　　　　★　。

社員：はい、わかりました。

1 無理に　　　　　　　　　　2 飲まなくても

3 かまいません　　　　　　　4 苦手なら

66 〜てはいけない

▍意味▍ 不能…

▍接続▍ 動詞て形＋はいけない

▍説明▍

表示禁止、不允許做某事。可用於表示社會規範、指示，但語氣強硬，不適合對長輩或上司使用。口語上，「ては」通常會說成「ちゃ」，「では」會說成「じゃ」。

▍例文▍

◆ A：道路で遊んでもいいですか。　可以在馬路上玩嗎？

　 B：だめです。道路で遊んじゃいけません。　不行！不可以在馬路上玩耍。

◆ 冷たいものを食べてはいけません。　不可以吃冰冷食物。

◆ お酒を飲んだら運転してはいけません。　喝酒之後不可以開車。

◆ こんなことでへこたれてはいけない。　別因這種事氣餒。

 重要

除此之外，還有許多禁止表現的方式，其用法差別在於：

〜てはいけない：可用於描述常理禁止的事，或針對聽話者表達禁止做的事。

〜てはならない：通常是社會公認禁止、理所當然不被允許的行為。

〜てはだめだ　：說話者直接對聽話者表達禁止行為，為口語用法。

〜ては困る　　：語氣稍微消極，表示對方如果那樣做，會令說話者很困擾，為口語用法。

▍実戦問題▍

国立公園から動植物や石＿＿＿ ＿＿＿ ＿＿＿ ★　。

1 帰って　　　　　　　　　　　　**2** などを

3 はいけません　　　　　　　　　**4** 持って

─────────── ● 模擬試験 ● ───────────

次の文の（　　）に入れるのに最もよいものを、1・2・3・4から一つ選びなさい。

1 A：すみません、今日はもう（　　）か。
　 B：ええ、いいですよ。
　 1 帰りました　　　　　　　　　　**2** 帰ってもいいです
　 3 帰ってしまいます　　　　　　　**4** 帰っていきます

2 今日は雨の予報ですから、傘を（　　）のを忘れないでね。
　 1 持つ　　　　　　**2** 持ってきた　　　**3** 持っている　　　**4** 持っていく

3 少子化で、大学生は減ってきた。これからも減って（　　）だろう。
　 1 いく　　　　　　**2** くる　　　　　　**3** いる　　　　　　**4** おく

4 受験勉強に一生懸命に頑張って（　　）。これからは大学生活を楽しみに頑
　 張っていきます。
　 1 きました　　　　　　　　　　　**2** いきました
　 3 ありました　　　　　　　　　　**4** おきます

5 何事も完璧にするより（　　）ことが重要だと思います。
　 1 やってつづける　　　　　　　　**2** やりつづける
　 3 やっておわる　　　　　　　　　**4** やりおわる

6 人の悪口を（　　）だめですよ。
　 1 言い　　　　　　**2** 言う　　　　　　**3** 言わないで　　　**4** 言っちゃ

7 車に（　　）、PCR検査を受けることができます。
　 1 乗りつづけて　　　　　　　　　**2** 乗ってしまって
　 3 乗りおわって　　　　　　　　　**4** 乗ったまま

8 （　　）ら、ナイフとフォークを2本そろえてお皿に置いてください。
1 食べおわった　　　　　　　　2 食べておわった
3 食べていった　　　　　　　　4 食べしまった

9 授業中にスマホを使っては（　　）。
1 いけません　　　　　　　　　2 いきません
3 いけます　　　　　　　　　　4 いきます

10 先週から日記を（　　）。
1 書いてあった　　　　　　　　2 書いていった
3 書きだした　　　　　　　　　4 書きはじめた

11 昨夜イヤホンを（　　）まま、寝てしまった。
1 つける　　　　2 つけた　　　　3 つけている　　　4 つけていた

12 彼女との約束を忘れて（　　）。
1 あった　　　　2 いった　　　　3 おわった　　　4 しまった

13 時間がなかったら、無理に参加し（　　）よ。
1 てもいい　　　　　　　　　　2 ないでいい
3 なくてもかまわない　　　　　4 てもかまわない

14 ちょっとお手洗いに（　　）。
1 行ってきます　　　　　　　　2 行っていきます
3 来ていきます　　　　　　　　4 来てきます

15 彼の冗談にみんな急に（　　）。
1 笑ってきた　　　　　　　　　2 笑っていった
3 笑いだした　　　　　　　　　4 笑いしまった

第 7 週

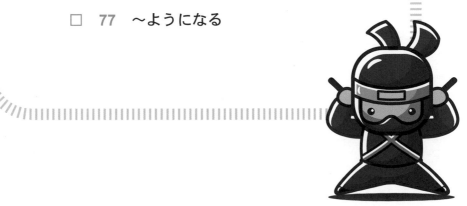

67 ～なくてはいけない

┃意味┃ 必須…；不…不行

┃接続┃ 動詞ない＋なくてはいけない

┃説明┃

「～てはいけない」前接動詞否定時，語意經過雙重否定後轉為肯定，表示行為者認為是義務或必須去做的事。會話中，「なくては」常簡略成「なくちゃ」，句尾的「いけない」亦可直接省略。可用於詢問某件事是否不做不行，如果答案是肯定，直接重覆問句述語即可；若答案為否定，則可用「～なくてもいい」、「～なくてもかまわない」回答，表示不必要做某事。

┃例文┃

◆ 宿題は必ずしなくてはいけませんよ。　不可以不做功課唷。

◆ A：言わなくてはいけませんか。　不說不行嗎？

　　B：いいえ、言わなくてもかまいません。　不，你也可以不說。

◆ 風邪の時はゆっくり休まなくちゃ。　感冒時必須好好休息。

 重要

類似的用法亦可作「～なくてはならない」、「～なくてはだめだ」、「～なくては困る」。同樣地，會話上常省略句尾的「ならない」、「だめだ」、「困る」。

┃実戦問題┃

「郷に入っては郷に従え」というのは、ある場所に着いたとき、そこの____ ____ ____ ★ という意味です。

1 はいけない　　　　　　　　　**2** 文化や

3 習慣に　　　　　　　　　　　**4** 従わなくて

68 ～なければならない

┃意味┃ 必須…；不…不行

┃接続┃ 動詞ない＋なければならない

┃説明┃

表示不管行為者的意志為何，義務上都必須執行，語氣較強硬。日常會話中，「なければ」常被簡略成「なけりゃ」、「なきゃ」，句尾的「ならない」也可省略。亦可用於詢問某件事是否不做不行，用法同「～なくてはいけない」。

┃例文┃

◆ 風邪ですから、家にいなければなりません。

　　因為感冒，必須待在家裡。

◆ Ａ：あしたも早く起きなければなりませんか。

　　　明天也必須早起嗎？

　　Ｂ：はい、あしたも早く起きなければなりません。

　　　對，明天也必須早起。

◆ あしたまでにレポートを出さなきゃ。

　　明天之前必須交出報告。

┃実戦問題┃

温泉に入る＿＿＿ ＿＿＿ ★ ＿＿＿なりません。

1 前に　　　　　**2** なければ　　　　**3** 洗わ　　　　**4** 体を

101

69 ～な

｜意味｜ 不准…；別…

｜接続｜ 動詞辞書形＋な

｜説明｜

此文法又稱為「動詞禁止形」，表示禁止做某事，但語氣比「～てはいけない」粗魯直接，主要常見於男性對晚輩或熟人使用，有時亦用於告示標語。

｜例文｜

◆ 失敗しても 諦 めるな。

    即使失敗了也不准放棄！

◆ 廊下を走るな。

    別在走廊上奔跑！

◆ 勝手に俺のものを使うな。

    別隨便使用我的東西！

◆ 芝生に入るな。

    禁止踐踏草皮。

重要

第Ⅰ類動詞	第Ⅱ類動詞	第Ⅲ類動詞
飲むな 行くな	食べるな 起きるな	するな 来るな

｜実戦問題｜

千葉：ここを通したらすぐそこよ。

成田：待って！ここは関係者以外の人は____ ____ ★ ____よ。

1 ある   **2** 入るな   **3** 書いて   **4** と

70 動詞命令形

┃説明┃

命令形使用於強行要對方做某個動作時，語氣嚴属、不客氣，使用時要注意場合和對象，一般為「上對下」的用語。命令句中，通常不會出現主語，因為這是直接命令聽話者的用法，主語即是聽話者。

①第Ⅰ類動詞：語尾ウ段音改成エ段音。

言う	行く	読む	死ぬ
⬇	⬇	⬇	⬇
言え	行け	読め	死ね

②第Ⅱ類動詞：語尾「る」去掉，直接加「ろ」。

見る	起きる	考える	食べる
⬇	⬇	⬇	⬇
見ろ	起きろ	考えろ	食べろ

③第Ⅲ類動詞：不規則變化。

来る	する	勉強する
⬇	⬇	⬇
来い	しろ せよ	勉強しろ 勉強せよ

┃実戦問題┃

1 立つ 　→＿＿＿＿＿＿　　　　**2** 壊す 　→＿＿＿＿＿＿

3 開ける　→＿＿＿＿＿＿　　　　**4** 掃除する→＿＿＿＿＿＿

71 〜なさい

┃意味┃ 表示命令或請求的語氣

┃接続┃ 動詞ます＋なさい

┃説明┃

「〜なさい」也是一種表達命令或請求的方式，不過語氣比動詞命令形委婉一點。通常出現在說明文中，或是老師對學生、父母對小孩等「上對下」所發出的指示、命令。

┃例文┃

◆ 食後にこの薬を飲みなさい。

　　飯後要吃這個藥！

◆ ちゃんと勉強しなさい。

　　好好念書！

◆ 早く寝なさい。

　　早點睡覺！

 重要

目前為止學習過的「〜てください」、「〜なさい」，以及動詞命令形，皆用於表示說話者對聽話者的命令或請求，但其中「〜てください」語氣最為委婉禮貌；動詞命令形的語氣最為強烈且不客氣。

┃実戦問題┃

先生は図書館で騒いだ____ ____ ____ ★ ました。

1 しなさい　　　**2** と言い　　　**3** 静かに　　　**4** 学生に

72 動詞意向形

説明

「～（よ）う」在日語動詞活用中稱為「意向形」，同時也可視為「～ましょう」的普通形。除了用於對熟識的平輩或晚輩勸誘之外，還可用於自言自語，表示個人一時的決心。

① 第Ⅰ類動詞：語尾ウ段音改成オ段音，再加「う」。

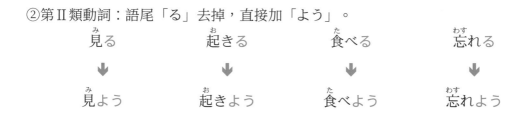

言う	行く	読む	頑張る
⬇	⬇	⬇	⬇
言おう	行こう	読もう	頑張ろう

② 第Ⅱ類動詞：語尾「る」去掉，直接加「よう」。

見る	起きる	食べる	忘れる
⬇	⬇	⬇	⬇
見よう	起きよう	食べよう	忘れよう

③ 第Ⅲ類動詞：不規則變化。

来る	する	勉強する
⬇	⬇	⬇
来よう	しよう	勉強しよう

実戦問題

1 倒す　　→＿＿＿＿＿＿＿　　**2** 並ぶ　　→＿＿＿＿＿＿＿

3 集める　→＿＿＿＿＿＿＿　　**4** 練習する→＿＿＿＿＿＿＿

73 〜（よ）うと思う

┃意味┃ （我）打算…；（我）想要…

┃接続┃ 動詞よう＋と思う

┃説明┃

會話中，欲對聽話者表達自己的意志、想做某行為時，須在動詞意向形後面加上「と思う」，表示說話者當下的想法，且主語限定為第一人稱。若其意志堅定，並已持續一段時間時，通常會作「〜（よ）うと思っている」。

┃例文┃

◆ 夏休みに海に行こうと思います。

　　暑假我想要去海邊。

◆ 中学校に入ったら、運動部に入ろうと思っています。

　　升上國中後，我打算要加入運動社團。

◆ 財布をなくしてしまいましたので、近くの交番に聞こうと思います。

　　因為弄丟了錢包，所以我打算去附近的派出所詢問。

重要

若只是單純想表達自己的想法、判斷時，則直接使用「動詞普通形＋と思う」，同樣主語限定為第一人稱。

◆ あした雨が降ると思います。

　　我覺得明天會下雨。

┃実戦問題┃

もうすぐバレンタインなので、＿＿＿ ＿＿＿ ＿＿＿ ★ ます。

1 みよう　　　　　2 作って　　　　　3 と思い　　　　　4 チョコケーキを

74 〜つもりだ

┃意味┃ （我）計畫…；（我）打算…

┃接続┃ 動詞辞書形／ない形＋つもりだ

┃説明┃

「つもり」為名詞，意思為「企圖、打算」，用於表示自己的決定，語意比「〜たい」來得強。否定時則作「〜ないつもりだ」，表示「不打算…」。「〜つもりだ」在意義上與「〜（よ）うと思う」沒有太大差別，但「〜つもりだ」為思考很久之後的決定，因此多用於表示肯定的意願或堅定的決心。

┃例文┃

◆ 将来建築会社に勤めるつもりです。

　　我打算將來在建築公司上班。

◆ 私は弁護士になるつもりだ。

　　我立志要成為律師。

◆ あした出かけないつもりだ。

　　我明天打算不出門。

┃重要┃

「〜つもりだ」只能表示第一人稱個人的決心、計畫。若是眾人商討後所決定的公開計畫，必須作「〜予定だ」。

◆ クラス全員でピクニックに行く予定だ。

　　全班預定一起去郊遊野餐。

┃実戦問題┃

大学を卒業した後、私は＿＿＿ ＿＿＿ ＿＿＿ ＿★＿ です。

1 大学院に　　　　2 進学する　　　　3 つもり　　　　4 イギリスの

75 ～つもりはない

┃意味┃ （我）不打算…

┃接続┃ 動詞辞書形＋つもりはない

┃説明┃

「～つもりはない」與「～ないつもりだ」語意相近，但語氣較為強烈，經常用於拒絕對方的勸告或建議時。

┃例文┃

◆ あしたテストがあるが、今晩勉強するつもりはありません。

　明天雖然有考試，但今晚我不打算念書。

◆ 彼女は料理が得意ですが、シェフになるつもりはありません。

　她雖然擅長料理，但卻不打算成為廚師。

◆ A：早く謝ったほうがいいよ。

　　你最好快道歉喔。

　B：いや、謝るつもりはない。

　　不！我不打算道歉。

┃実戦問題┃

前田：最近うちで子犬が生まれたが、犬養さんは興味がありますか。

犬養：すみません、うちにはもう犬が3匹ありますから、＿＿＿ ＿＿＿ ＿＿＿
　　　　★。

1 これ以上　　　**2** つもりは　　　**3** 飼う　　　**4** ありません

76 〜ようにする

┃意味┃ 努力去…；盡量…

┃接続┃ 動詞辞書形／ない形＋ようにする

┃説明┃

表示說話者下定決心盡量做到或使事物達到某種狀態。若是轉換成「〜ようにして
ください」，則屬於間接的呼籲、請求，要求聽話者養成某種習慣或持續做某種努
力。若為「〜ようにしている」，則表示說話者持續努力做著某事，或某事已成為
習慣。

┃例文┃

◆ 私は一日３０分運動するようにします。

　我努力做到每天運動 30 分鐘。

◆ バランスの取れた食事をするようにします。

　我努力攝取均衡的飲食。

◆ 門限を守るようにしてください。

　請遵守門禁時間。

◆ 宿題を家に忘れないようにしてください。

　請不要把功課忘在家裡。

◆ 毎日９時に寝るようにしています。

　每天 9 點睡覺。

┃実戦問題┃

危ないから、絶対にこの____ ____ ____ ★ 。

1 触らない　　　　　　　　　　　　**2** ようにして

3 スイッチに　　　　　　　　　　　**4** ください

77 ～ようになる

| 意味 |　①變成…；逐漸…

　　　　②會做…

| 接続 |　①動詞辞書形＋ようになる

　　　　②動詞可能形＋ようになる

| 説明 |

表示事物自然的變化，根據動詞型態不同，有以下兩種用法：

①表示習性、傾向的變化或事物發展的趨勢。

②表示從不會到會的狀態，以及能力上的變化。

| 例文 |

①

◆ 最近は男の人もよく料理をするようになりました。

　　最近男生也變得常下廚。

◆ 野球が好きな友達ができて、よく野球を見るようになりました。

　　交了喜歡棒球的朋友後，變得常看棒球了。

②

◆ 去年の夏、やっと泳げるようになりました。

　　去年的夏天，終於會游泳了。

◆ まだ片仮名が書けません。早く書けるようになりたい。

　　我還不會寫片假名，希望能快點會寫。

重要

「〜ようになる」中的「〜ように」，作用是提示變化的演進，通常表示由無變成有的演變。因此若是像「太る（變胖）」、「痩せる（變瘦）」、「増える（增加）」、「減る（減少）」等，本身帶有「狀態發生變化」含意的動詞，則不適用此句型。而名詞及形容詞若要表示「自然的變化」，此時分別作「名詞＋になる」、「ナ形＋になる」、「イ形く＋なる」。另外，若是想表示「由有變成無」時，則須以「動詞ない＋なくなる」的方式表達。

◆ 食べてすぐ寝ると牛になる。

　　吃飽後馬上睡覺的話會變成牛。（諺語，多用於提醒小孩禮儀不佳。）

◆ コーヒーを飲むと元気になりました。

　　喝杯咖啡後就變得有精神了。

◆ 歓迎会で飲み過ぎて、気分が悪くなって吐き気もします。

　　在歡迎會上喝了太多酒，感覺變得不舒服也很想吐。

◆ 最近、小さい字が読めなくなりました。

　　最近小一點的字越來越看不清楚了。

┃実戦問題┃

一人暮らしを＿＿＿　＿＿＿　＿＿＿　＿★＿ました。

1 ようになり　　　　　　　　**2** 始めてから

3 自分で　　　　　　　　　　**4** 弁当を作る

●──────────── ● 模擬試験 ● ────────────●

次の文の（　　）に入れるのに最もよいものを、1・2・3・4から一つ選びなさい。

1 人との約束は（　　）。
　　1 守らないではいけない　　　　　　　**2** 守らなくてはいけない
　　3 守らなければなる　　　　　　　　　**4** 守らないとなる

2 コーチに「（　　）！」と起こされた。
　　1 起きる　　　　　　**2** 起きれ　　　　　**3** 起きろう　　　　**4** 起きろ

3 今回の能力試験を（　　）つもりです。
　　1 受ける　　　　　　**2** 受けた　　　　　**3** 受けろう　　　　**4** 受けている

4 大事な会議なので、絶対に（　　）にしてください。
　　1 遅刻する　　　　　　　　　　　　　**2** 遅刻しない
　　3 遅刻しないよう　　　　　　　　　　**4** 遅刻しよう

5 人の家の入り口に車（　　）な。
　　1 を　とめる　　　　　　　　　　　　**2** が　とまる
　　3 を　とめない　　　　　　　　　　　**4** が　とまらない

6 5歳の息子は最近やっと自転車に（　　）になりました。
　　1 乗ろう　　　　　　　　　　　　　　**2** 乗れるよう
　　3 乗るため　　　　　　　　　　　　　**4** 乗る

7 あついので、鍋に（　　）。
　　1 触る　　　　　　　　　　　　　　　**2** 触るな
　　3 触らないな　　　　　　　　　　　　**4** 触れ

⑧ 健康のため、毎日 7 時間ぐらい（　　）にしています。

1 寝ろ **2** 寝るよう **3** 寝よう **4** 寝なさい

⑨ 試験が終わったので、新しいゲーム機を（　　）と思います。

1 買わう **2** 買よう **3** 買ろう **4** 買おう

⑩ 今日は彼に会う（　　）。

1 つもりではない **2** つもらない

3 つもりはない **4** つもりにない

⑪ 「（　　）」と言われ、みんなまた歩き出した。

1 進み **2** 進め **3** 進む **4** 進めろ

⑫ 卒業したら、日本に（　　）と思います。

1 留学しおう **2** 留学しろ

3 留学せよ **4** 留学しよう

⑬ もう間に合わない。（　　）。

1 急ぐ **2** 急いでしまう

3 急がないでおわる **4** 急がなくちゃ

⑭ もうすぐ試験ですから、ゲームを 1 週間（　　）つもりです。

1 できない **2** しない **3** するな **4** しなさい

⑮ 危ないですから、気を（　　）。

1 つけなさい **2** つくな

3 つけ **4** ついて

第 8 週

Checklist

78 ～だろう（と思う）

┃意味┃ （我想）…吧

┃接続┃ 文（普通形）＋だろう（と思う）

┃説明┃

表示說話者推測他人行為或事情的用法。說話者的確信度依序為「～と思う」＞「～だろうと思う」＞「～だろう」。另外，句中亦可依推測的確信度不同，搭配不同確信程度的副詞一起使用，例如：「きっと（一定）」、「たぶん（大概）」、「おそらく（也許）」等。

┃例文┃

◆ 一生懸命に練習したから、うちのチームはきっとこの試合に勝つだろうと思います。

　　我們的隊伍已經拚命練習了，所以我想一定會贏得這場比賽吧。

◆ 彼は、今日もたぶん遅刻するだろうと思います。

　　我想他今天大概又會遲到吧。

◆ バスはおそらくもうすぐ来るだろうと思う。

　　我想公車也許就快來了吧。

 重要

　　雖然前方接續的句子為普通形，但若遇到名詞或ナ形容詞時，則需刪去「だ」，改為「名詞／ナ形＋だろう（と思う）」。

┃実戦問題┃

木村：このアパートならどうかな。部屋も広いし、駅にも近い。

山下：いいね。でも家賃は＿＿＿　＿＿＿　＿★＿　＿＿＿よ。大丈夫か。

1 高い　　　　　　**2** だろう　　　　　**3** と思う　　　　**4** きっと

79 〜かもしれない

┃意味┃ 也許…；可能…

┃接続┃ 名詞普通形
ナ形普通形
イ形普通形 ＋かもしれない
動詞普通形

┃説明┃

表示推測某事、某狀態有可能發生。常隱含對該事、狀態可能發生的期待或擔憂，但確信度不高，因此常與「もしかしたら（說不定）」、「ひょっとすると（說不定）」等副詞一起使用。在日常會話中可簡略為「かも」。一般接續在普通形之後，只有在遇到名詞及ナ形容詞時，必須先去掉「だ」，再接「かもしれない」。

┃例文┃

◆ あの店は今日休みかもしれません。　那家店今天可能公休。

◆ もしかしたら 6 月に卒業 できないかもしれない。　也許 6 月無法畢業。

◆ 私は来週遊びに行けないかも。　我下星期可能沒辦法去玩。

重要

「〜かもしれない」表示說話者不確定、不排除某事發生的可能性，可適用於推測任何人的事情。「〜だろう」表示說話者的猜測，避免對事情下決斷，只適合用於推測他人的事情，不能用於自己。

（×）私は来週遊びに行けないだろう。

┃実戦問題┃

あしたからは連休なので、朝早く____ ____ ____ ★　。

1 なる　　　　　　**2** 出掛けないと　　**3** かもしれません　**4** 渋滞に

80 ～はずだ

┃意味┃ 應該…

┃接続┃
名詞の
ナ形な
イ形普通形 ＋はずだ
動詞普通形

┃説明┃

表示說話者根據邏輯、理論，對他人的事情進行有根據的推測。用於對推測的事非常有信心、認為「絕對是如此」的時候，常會與「きっと（一定）」等副詞一起使用。

┃例文┃

◆ かばんの中に石川さんの学生証があるから、彼のはずです。

包包裡有石川同學的學生證，所以這應該是他的。

◆ 犯人の足跡はここまでだから、きっとこの部屋のどこかに隠れているはずです。

犯人的足跡只到這裡為止，所以他一定躲藏在這房間的某處。

◆ 雪が降り始めるし、外は寒いはずだ。

開始下雪了，外面應該很冷。

◆ 母が掃除したから、きっと部屋がきれいなはずだ。

母親已經打掃過了，所以房間一定很乾淨。

┃実戦問題┃

彼はイスラム教を信じています＿＿ ＿＿ ＿＿ ★ です。

1 はず   **2** 豚肉を   **3** から   **4** 食べない

81 ～ようだ（推量）

┃意味┃ 好像…；似乎…

┃接続┃ 名詞の／普通形
ナ形な／普通形 ｝＋ようだ
イ形普通形
動詞普通形

┃説明┃

「ようだ」置於句尾，表示主觀推測，為說話者根據親身感受或察覺到的跡象，對事物進行推測，以避免失禮或判斷被矯正。注意在接續名詞與ナ形容詞的肯定形時，不是以「だ」作接續，而是分別以「名詞の」與「ナ形な」。

┃例文┃

◆ 鈴木さん、刺し身が好きなようですね。もう３皿食べたじゃん。

　　鈴木先生，你好像很喜歡生魚片呢！已經吃３盤了！

◆ この洋服は私には小さいようですね。

　　這件衣服對我來說好像小了一點。

◆ 大家さんはもう寝たようです。

　　房東先生似乎已經就寢了。

◆ 彼は今日休みのようだ。

　　他今天似乎休假。

┃実戦問題┃

救急車と警察が一緒に来ましたね。どうやら＿＿＿ ＿＿＿ ＿＿＿ ★ です。

1 前の　　　　　　**2** 事故が　　　　　　**3** 交差点で　　　　　　**4** 起きたよう

82 ～らしい（推量）

┃意味┃ 好像…；聽說…

┃接続┃
名詞普通形
ナ形普通形
イ形普通形 ┣ ＋らしい
動詞普通形

┃説明┃

推量助動詞「らしい」，表示客觀的、有根據、理由的推測。一般接續在普通形之後，但在遇到名詞及ナ形容詞時，必須先去掉「だ」，再接「らしい」。

┃例文┃

◆ 阿部さんはきのう台湾へ行ったらしいです。　阿部先生昨天好像去臺灣了。

◆ あのリゾートは有名らしいです。　那個渡假地好像很有名。

◆ 彼女は最近髪の毛をショートにしたいらしい。　聽說她最近想換成短髮造型。

 重要

「らしい」的根據主要來自所見所聞的消息，故不適用於醫療診斷等必須做出明確判斷的場合，這會給人不負責任的感覺，此時使用表示說話者明確且主觀判斷的「ようだ」較適當，例如：「風邪のようですね。」。

◆ 事故があったらしい。

　好像發生了交通事故。（態度客觀，根據看到或聽到的新聞消息等。）

◆ 事故があったようだ。

　好像發生了交通事故。（態度主觀，根據眼前的跡象。）

┃実戦問題┃

福田：知っていますか。最近＿＿＿　＿＿＿　＿＿＿　＿★＿ですよ。

村上：え、生パスタ？パスタを生のまま食べるということですか。

1 らしい　　　　**2** 人気　　　　　**3** がある　　　　**4** 生パスタは

83 〜そうだ（伝聞）

║意味║ 聽說…

║接続║ 名詞普通形
　　　　　ナ形普通形
　　　　　イ形普通形 ｝＋そうだ
　　　　　動詞普通形

║説明║

傳聞助動詞「そうだ」，表示從別人那裡聽到某事，只能置於句尾，須注意「そうだ」本身並沒有時態上的變化。若要表示訊息來源出處可以用「〜によると」、「〜では」、「〜から聞いた」等。

║例文║

◆ うわさでは彼は会社をやめるそうです。

　　有傳聞說他要辭職。

◆ 日葵ちゃんから聞いたんだが、直美ちゃんに子供ができたそうだ。

　　聽日葵說，直美懷孕了。

◆ 天気予報によると、あしたは雨だそうだ。

　　根據氣象報告，明天好像會下雨。

重要

作推量用法的「らしい」與表示傳聞的「そうだ」，在許多場合中可以互相代換，但須注意接續方式不同。

║実戦問題║

かつて奈良時代の首都であった＿＿　＿＿　＿＿　_★_ です。

1 今は何も　　　　**2** そう　　　　　　**3** 平城京は　　　　**4** 残っていない

121

84 ～そうだ（様態）

┃意味┃ 看起來…；好像…

┃接続┃ ナ形
イ形い ＋そうだ
動詞ます

┃説明┃

「そうだ」也可用來表示「樣子、狀態」，為說話者根據眼前看到的事物外觀、進展狀況，進行推測、推斷。置於句中時，作「そうな」修飾後方的名詞；「そうに」修飾後方的動詞。會話中，句尾的「だ」經常省略。

┃例文┃

◆ あちらはにぎやかそうですね。　那邊看起來很熱鬧耶。

◆ あの木が倒れそうです。　那棵樹看起來好像快倒了。

◆ おいしそうに食べる。　看起來吃得津津有味的樣子。

重要

注意形容詞特殊變化「よい→よさそうだ」、「ない→なさそうだ」。表示樣態的「そうだ」，和表示推量的「ようだ」、「らしい」區別如下：

◆ 彼は熱がありそうだ。

他好像發燒了。（看到的第一眼印象。）

◆ 彼は熱があるようだ。

他好像發燒了。（藉由摸額頭等實際感覺作推斷。）

◆ 彼は熱があるらしい。

他好像發燒了。（聽到消息傳聞而做推測。）

┃実戦問題┃

＿＿ ＿＿ ＿＿ ★ です。どこか充電できるところはありませんか。

1 切れ　　　　**2** 携帯の　　　　**3** 電池が　　　　**4** そう

85 ～ようだ（比喻）

┃意味┃ 好像…；就像…一樣

┃接続┃ 名詞の
動詞辞書形／た形／ている形 ｝＋ようだ

┃説明┃

「ようだ」除了主觀推測外，還有「比喻」的用法。表示比喻時，常與「まるで（宛如）」一起使用，強調兩事物極為相似，此時作「まるで＋名詞の＋ようだ」，其中「のよう」可省略。置於句中時，作「ような」修飾後面的名詞；「ように」修飾後方的動詞。

┃例文┃

◆ あの二人の会話内容はけんかをしているようです。

　那兩人的對話內容聽起來就像在吵架一樣。

◆ 林さん、日本語が上手ですね。日本人のようです。

　林先生，你的日語說得真好，就像是日本人一樣。

◆ まるできのうのこと（のよう）だ。

　簡直像昨天才發生的事一樣。

◆ チャイムが鳴った後、彼は飛ぶように教室を出た。

　下課鈴響後，他飛奔似地跑出教室。

┃実戦問題┃

彼女の頬が＿＿＿ ＿＿＿ ★ ＿＿＿なります。

　1 リンゴの　　　**2** 赤く　　　　**3** ように　　　**4** 冷たい風で

86 ～ような（挙例）

┃意味┃ 像…那樣的

┃接続┃ 名詞₁の＋ような＋名詞₂

┃説明┃

「名詞₁の＋ような＋名詞₂」除了「比喻」用法之外，也能用於「舉例」。表示舉例時，「名詞₁」屬於「名詞₂」的範圍之一，此時「名詞₁」大多為代名詞或專有名詞。

┃例文┃

◆ 彼女のような素晴らしい人になりたいです。

　 我想成為像她那樣了不起的人。

◆ レアチーズケーキのような甘酸っぱいデザートが好きです。

　 我喜歡像蕾雅起司蛋糕那樣酸酸甜甜的甜點。

◆ 卒業後、台北のようなにぎやかな大都会で働きたい。

　 畢業後，我想在臺北那樣繁華的大城市工作。

重要

表示「比喻」時，也能作「名詞₁の＋ような＋名詞₂」，但此時「名詞₁」不屬於「名詞₂」，且「名詞₁」大多為一般名詞，例如：

◆ 絵のような風景。　像畫一樣的風景。

◆ バラのような笑顔。　像玫瑰一樣的笑容。

┃実戦問題┃

私は部屋に＿＿＿　 ★ 　＿＿＿ ＿＿＿嫌ですから、週に３回掃除をします。

1 ゴキブリの　　　 **2** ような　　　　 **3** 出るのが　　　　 **4** 昆虫が

87 ～ように（目的）

┃意味┃ 為了⋯

┃接続┃ 動詞辞書形／ない形＋ように

┃説明┃

「ように」表示為了達到某目標狀態，而採取後項動作。前句只能是「なる」、「できる」、「わかる」、「見える」、「聞こえる」等非意志動詞（包括自動詞、動詞可能形），以及動詞否定形。有時也與請求句搭配，作「～ないように～てください」，用於提醒或勸告。

┃例文┃

◆ 忘(わす)れないようにメモしておきます。

  為了避免忘記而事先記下來。

◆ 約束(やくそく)の時間(じかん)に遅(おく)れないように早(はや)く出(で)かけてください。

  為了不耽誤約定的時間，請早點出門。

◆ 子供(こども)にもわかるように簡単(かんたん)に説明(せつめい)する。

  為了讓小孩也能理解，而淺顯易懂地說明。

重要

「ように」中的「に」也可被省略，此時語感較生硬，多用於正式場合或書面文章。

┃実戦問題┃

これからは気温がどんどん下がっていきます。＿＿ ＿＿ ★ ＿＿つけてください。

1 ように **2** 気を **3** 体調を **4** 崩さない

125

88 〜ために（目的）

┃意味┃ 為了…

┃接続┃
名詞の
動詞辞書形 ｝＋ために

┃説明┃

「ため」在這裡是作「目的」解釋。「ために」表示為了達到某目的，而積極採取某項行動。前面接續動詞時，只能是意志動詞，且前後句的動作者必須一致。前面接續名詞時，也可表示為了有利於他人或團體而做某事。

┃例文┃

◆ 自然のために、リサイクルは必要です。

　　為了自然環境，資源回收是必要的。

◆ 弟に車を買ってあげるために、母は定期を解約しました。

　　為了買車給弟弟，母親將定存解約。

◆ パソコンを買うためにアルバイトをしている。

　　為了買電腦，我現在在打工。

重要

相較於前接非意志動詞的「ように」，前接意志動詞的「ために」更能讓人感受到動作者的積極性，但「ために」的後面不能是請求句。另外，「ために」中的「に」也可被省略，此時語感較生硬，多用於正式場合或書面文章。

┃実戦問題┃

＿＿＿ ＿＿＿ ＿＿＿ ★ 、バスが停止してから席をお立ちください。

1 車内で　　　　**2** 防止する　　　　**3** ために　　　　**4** 転倒事故を

● 模擬試験 ●

次の文の（　　）に入れるのに最もよいものを、1・2・3・4から一つ選びなさい。

① （　　）ような花が好きです。
    1 ユリ   **2** ユリの   **3** ユリだ   **4** ユリな

② 電気がついていないので、彼はまだ（　　）はずです。
    1 帰っている   **2** 帰っていない
    3 帰らないだろう   **4** 帰った

③ あそこは田舎ですから、（　　）はずですが。
    1 静かな   **2** 静かに   **3** 静かの   **4** 静かだ

④ あの人は有名な（　　）らしいです。
    1 選手だ   **2** 選手です   **3** 選手   **4** 選手で

⑤ 彼は嬉しそうですね。今回は（　　）ようです。
    1 成功   **2** 成功な   **3** 成功だ   **4** 成功した

⑥ 字が（　　）ように、もっと大きく書いてほしいです。
    1 見える   **2** 見られる   **3** 見る   **4** 見れる

⑦ もう遅いので、彼は（　　）と思います。
    1 来ないだろう   **2** 来よう
    3 来たい   **4** 来ていく

⑧ 彼はかっこいいですね。まるで（　　）ようです。
    1 スター   **2** スターだ   **3** スターの   **4** スターな

⑨ 台湾の山でもあしたは（　　）そうです。

　1 雪だ　　　　　　　**2** 雪の　　　　　　　**3** 雪な　　　　　　　**4** 雪して

⑩ 駅の近くに新しいデパートが（　　）らしいですよ。

　1 できた　　　　　　**2** でき　　　　　　　**3** できよう　　　　　**4** できない

⑪ （　　）ために、一生懸命勉強した。

　1 合格した　　　　　　　　　　　　**2** 合格する

　3 合格できる　　　　　　　　　　　**4** 合格できた

⑫ 空が暗くなりました。雨が（　　）そうです。

　1 降り　　　　　　　**2** 降って　　　　　　**3** 降った　　　　　　**4** 降れ

⑬ もしかしたら来年日本へ（　　）かもしれない。

　1 行きます　　　　　**2** 行こう　　　　　　**3** 行ける　　　　　　**4** 行った

⑭ 頭が痛いです。（　　）ようです。

　1 風邪な　　　　　　**2** 風邪に　　　　　　**3** 風邪の　　　　　　**4** 風邪だ

⑮ 彼は足を（　　）そうです。

　1 けがだ　　　　　　**2** けがの　　　　　　**3** けがな　　　　　　**4** けがした

第 9 週

Checklist

89 ～ほうがいい

┃意味┃ 最好…比較好

┃接続┃ ①動詞た形＋ほうがいい

②動詞辞書形＋ほうがいい

┃説明┃

依照前接的動詞形態，可以分以下兩種用法：

①大多時候前面接續「動詞た形」，表示說話者針對某個別情況，主觀認為這麼做
比較好，而向對方提出建議。含有若不這麼做的話，會有不良後果產生的「勸告」
語意。不適合對上位者使用。

②有時前面也可以接續「動詞辞書形」，表示敘述一般常理，或是客觀說明哪種選
擇比較好，此時立場較為中立。

┃例文┃

①

◆ A：具合が悪いなら、お医者さんに見てもらったほうがいいです。

身體不舒服的話，最好去看醫生。

B：そうですね。後で行きます。

說的也是呢。我等等就去。

◆ 骨を折ったから、しばらく部活を休んだほうがいいです。

骨折了，最好暫時停止社團活動。

◆ 今日雪が降るそうだ。暖かい服装をしたほうがいい。

聽說今天會下雪。最好穿得保暖一點比較好。

②

◆ A：平日残業するのと休日出勤するのとどちらがいいですか。

平日加班跟假日加班，哪個比較好？

B：平日残業するほうがいいです。

平日加班比較好。

◆ 風邪を引いたときは、薬を飲むほうがいい。

感冒時最好要吃藥。

重要

回應「〜なければならない」、「〜なくてはいけない」等詢問必須與否的句子時，也可以用「動詞た形＋ほうがいい」來委婉回答。

◆ A：予習しなければなりませんか。

一定要預習嗎？

B：ええ、したほうがいいです。

嗯，預習會比較好。

┃実戦問題┃

夫：お願い、１口だけでいいから。

妻：ダメだよ。病気が＿＿＿ ＿＿＿ ★ ＿＿＿言っただろう。

1 治るまで　　　　　　　　　　**2** ほうがいい

3 とお医者さんが　　　　　　　**4** お酒をやめた

90 ～ないほうがいい

┃意味┃ 最好不要…；不要…比較好

┃接続┃ 動詞ない形＋ほうがいい

┃説明┃

表示說話者主觀認為不要這麼做比較好。接續法與「～ほうがいい」略有不同，不論是針對個別情況或是一般常理，前面都只能接「動詞ない形」。

┃例文┃

◆ 寝る前に食事しないほうがいいです。

　　睡前最好不要吃東西。

◆ 運転中は運転手と喋らないほうがいいです。

　　汽車行駛中，最好不要和司機交談。

◆ 健康のために、コーラやサイダーなどの飲み物は飲まないほうがいい。

　　為了健康，最好不要喝可樂或汽水之類的飲料。

 重要

回應對方的勸告時，若是接受，可用「そうですね。そのほうがいいですね。」；若是想委婉拒絕，則可用「でも、～」等遲疑的表現。

◆ A：口の臭いがきついことを、やはり彼女に言わないほうがいいでしょう。

　　　口臭很嚴重的事，果然還是不要跟她說比較好吧。

　　B：でも言わないと、彼女自身が永遠に気づかないでしょう。

　　　但是如果不說的話，她自己就永遠察覺不到吧。

┃実戦問題┃

動物の写真を撮るとき、動物の健康を守る____ ____ ____ ★____です。

1 ほうがいい　　　**2** フラッシュ　　　**3** を使わない　　　**4** ために

91 ～ところだ

┃意味┃ ①正要… ②剛剛… ③正在…

┃接続┃ ①動詞辞書形＋ところだ

②動詞た形＋ところだ

③動詞ている形＋ところだ

┃説明┃

「ところ」漢字寫作「所」，原本意指「地方、場所」，前面接續動詞時，表示「動作正處於…階段」。至於該動作是處於哪個階段，則須依該動詞的時態來決定。

①前接「動詞辞書形」，表示動作正處於即將開始的階段。

②前接「動詞た形」，表示動作處於剛結束的階段。

③前接「動詞ている形」，表示動作處於進行中的階段。

┃例文┃

①

◆ これから部屋を片付けるところです。

　正要開始收拾房間。

◆ ちょうど今映画が始まるところです。

　正好現在電影剛要開始。

②

◆ たったいま家に帰ったところです。

　我才剛剛回到家。

◆ A：ごめん、待った？

　　　抱歉，你等很久了嗎？

　B：ううん、僕も今着いたところだ。

　　　沒有，我也才剛到。

③

◆ 父は今風呂に入っているところです。

　父親現在正在洗澡。

◆ 今資料を調べているところだ。

　我現在正在查資料。

 重要

使用「〜ところだ」時，主語不可為事物，動詞也不可為非意志動詞。

（×）外は雨が降っているところです。

　　→主語為「雨」。

（×）子供は寒さで唇が震えているところです。

　　→「發抖」為不可控制的動作。

実戦問題

西村：もしもし、今時間ありますか。

柴田：すみません。今から新幹線に＿＿＿ ＿★＿ ＿＿＿ ＿＿＿連絡します。

1 後で　　　　　　**2** 乗る　　　　　　**3** ところ　　　　　　**4** なので

92 〜をやる

┃意味┃ 給…

┃接続┃ 名詞＋をやる

┃説明┃

授受動詞「やる」的意思是「給」，主要用在接受者為親近的朋友、家人、晚輩或屬下，是屬於比較不拘泥禮數的說法，也常用在給動植物水或食物等情況，接受者後方接續助詞為「に」。因「〜をやる」的語氣較為粗魯，一般女性仍多半使用「〜をあげる」。

┃例文┃

◆ 親が子供に絵本をやりました。

　父母給小孩繪本。

◆ 魚に餌をやる。

　餵魚吃飼料。

◆ おばあさんは毎朝花に水をやる。

　奶奶每天早上給花澆水。

◆ 私は弟にお菓子をやった。

　我給了弟弟點心。

┃実戦問題┃

サボテンに＿＿＿ ＿＿＿ ★ ＿＿＿。根が腐ってしまいますから。

1 水を　　　　　　**2** はあまり　　　　　**3** やらない　　　　　**4** でください

93 ～をさしあげる

┃意味┃ 給…

┃接続┃ 名詞＋をさしあげる

┃説明┃

「さしあげる」漢字寫作「差し上げる」，是「あげる」的謙讓表現，特別用在接受者是上司或長輩時，作為對上司或長輩表示敬意。若接受者是平輩或晚輩時，則以「～をあげる」的用法最恰當。接受者後方接續助詞為「に」。

┃例文┃

◆ 佐々木さんが先生に花をさしあげました。

佐佐木同學獻花給老師。

◆ 先着100名様に弊社の商品サンプルをさしあげます。

給前100名客人敝公司的商品樣品。

◆ 課長にお土産をさしあげます。

我送伴手禮給課長。

重要

須注意雖然「～をさしあげる」是謙讓表現，但卻有施予對方恩惠的含義，所以不宜直接對當事人使用，只能用於向第三者描述自己的行為。

（×）課長、このお土産をさしあげます。

→當面送給課長伴手禮時不能這樣說。

┃実戦問題┃

チャンネル創立1周年記念のため、抽せん____ ____ ____ ★ ます。

1 プレゼント　　　**2** をさしあげ　　　**3** で　　　　**4** 10名様に

94 ～をいただく

┃意味┃ 得到…；收到…

┃接続┃ 名詞＋をいただく

┃説明┃

「いただく」漢字寫作「頂く」，是「もらう」的謙讓表現，主要用在給予者是上司或長輩時，作為對上司或長輩表示敬意。但由於說法客氣，即使是來自平輩的贈予時也能使用。當給予者為人時，助詞可用「から」、「に」，但當給予者為單位機關時，助詞只能用「から」。

┃例文┃

◆ 王さんは先生に本をいただきました。

　　王小姐從老師那裡得到了一本書。

◆ 娘 は学校から 奨 学金をいただきました。

　　女兒獲得了學校的獎學金。

◆ 近所の 林 さんからお土産をいただきました。

　　從鄰居林先生那裡收到伴手禮。

◆ ファンから手紙をいただきました。

　　收到了粉絲的來信。

┃実戦問題┃

３年間、＿＿＿ ＿＿＿ ＿＿＿ ＿★＿、私たちは心から感謝しています。

1 先生から　　　　　　　　　　**2** 熱心な

3 をいただきまして　　　　　　**4** ご指導

95 ～をくださる

┃意味┃ （他人）送（我）…

┃接続┃ 名詞＋をくださる

┃説明┃

「くださる」漢字寫作「下さる」，是「くれる」的敬語表現，用在給予者是上司或長輩時，對上司或長輩表示敬意。但由於說法客氣有禮，有時即使是接受來自平輩的贈予時也會使用。接受者後方接續助詞為「に」，但若接受者為「私」時，則可省略「私に」。

┃例文┃

◆ 岡田<ruby>岡田<rt>おか だ</rt></ruby>さんが（<ruby>私<rt>わたし</rt></ruby>に）<ruby>花<rt>はな</rt></ruby>をくださいました。

　岡田先生送我花。

◆ <ruby>同僚<rt>どうりょう</rt></ruby>の<ruby>佐藤<rt>さ とう</rt></ruby>さんは<ruby>息子<rt>むす こ</rt></ruby>に<ruby>入学祝<rt>にゅうがくいわ</rt></ruby>いをくださいました。

　同事佐藤先生送我兒子入學賀禮。

◆ <ruby>部長<rt>ぶ ちょう</rt></ruby>は<ruby>誕生日祝<rt>たんじょう び いわ</rt></ruby>いにネクタイをくださいました。

　經理送我領帶作為生日禮物。

 重要

「くださる」的活用屬於不規則變化，雖然是第Ⅰ類動詞，但是ます形必須作「くださいます」，而非「くださります」。

┃実戦問題┃

卒業する時、＿＿＿　＿＿＿　＿＿＿　★ました。

1 私たち　　　　　　　　　　　2 手紙をください

3 先生が　　　　　　　　　　　4 一人ひとりに

96 〜てあげる

▌意味▌ 給…；為（他人）做…

▌接続▌ 動詞て形＋あげる

▌説明▌

「〜てあげる」是以施益者為主語的句型，表示基於好意而做某種帶給對方好處的行為。用於「我為他人做」或是「他人為他人做」。一般間接受詞是接續「に」表示受益者，但如果受益者本身就是句中動詞的直接受詞時，則使用助詞「を」；若動作的對象為受益者本身所有物時，則使用助詞「の」。若施益者即為說話者時，經常省略「私は」；若受益者即為聽話者時，經常省略「あなたに」。

▌例文▌

◆ （私は）ジョンさんにお金を貸してあげます。

　　我借錢給約翰先生。

◆ あとで荷物を送ってあげます。

　　行李稍後會寄給你。

◆ 父は貧しい子供を助けてあげた。

　　父親援助了窮困的小孩。

重要

由於「〜てあげる」有施予對方恩惠的含義，所以當與對方為關係不太親近或對方地位較高時，要避免使用本句型。此時作「動詞ます＋ましょうか」較洽當。

◆ 陳さん、日本語を教えましょうか。

　　陳小姐，我教妳日語好嗎？

▌実戦問題▌

旅行中に＿＿＿ ＿＿＿ ＿＿＿ ★＿＿＿ました。

1 撮った　　　　2 友達に　　　　3 写真を　　　　4 見せてあげ

97 ～てさしあげる

┃意味┃ 給…；為（他人）做…

┃接続┃ 動詞て形＋さしあげる

┃説明┃

「～てさしあげる」是「～てあげる」的謙讓表現，用在接受動作的對象是上司或長輩時，對上司或長輩表示敬意。

┃例文┃

◆ 林さんは先生に花を買ってさしあげました。

　林同學買花送給老師。

◆ きのうおじいさんの荷物を持ってさしあげました。

　我昨天替爺爺拿了行李。

◆ 1曲を弾いてさしあげます。

　為您彈奏1曲。

重要

由於「～てさしあげる」含有施予對方恩惠的語意，所以當直接向上司或長輩提議要為他做某事時，建議使用謙讓用法的「お＋動詞ます＋しましょうか」較不失禮。

┃実戦問題┃

きのう、台湾へ海外訪問に来た＿＿＿ ＿＿＿ ＿＿＿ ★ ました。

1 さしあげ　　　　　　　　　　　　**2** 案内して

3 いろいろな場所を　　　　　　　　**4** 日本首相に

98 〜てやる

┃意味┃ 給…；為（他人）做…

┃接続┃ 動詞て形＋やる

┃説明┃

「〜てやる」主要用於接受動作的對象為晚輩、位階較低者或動植物時，但此說法語氣較為粗魯，因此女性一般仍多使用「〜てあげる」。

┃例文┃

◆ 子供の宿題を見てやりました。

　帶孩子做功課。

◆ 犬に犬小屋を造ってやった。

　給小狗蓋了 1 間狗屋。

◆ 花に水をまいてやる。

　給花澆水。

重要

「〜てやる」也能用於表示因為憤怒或不滿，而做某行為給對方看的情況，此時該行為通常是令對方感到訝異、苦惱或是討厭的動作。

◆ こんな給料の安い会社、いつでも辞めてやる。

　薪水這麼少的公司，隨時都可以辭職！

┃実戦問題┃

父は毎週 2 回犬を＿＿＿ ＿＿＿ ＿＿＿ ★ ます。

1 やり　　　　**2** 散歩に　　　　**3** 行って　　　　**4** 連れて

99 ～てもらう

┃意味┃ （請他人）為…做…

┃接続┃ 動詞て形＋もらう

┃説明┃

「～てもらう」是以受益者為主語的句型，表示「我請他人為自己做」或「某人請他人為自己做」，是受益者對施益者心存感激的表達方式。當受益者即為說話者時，主語經常省略。施益者一般用助詞「に」表示，但當動詞為「送る」、「届ける」、「教える」時，也可以用「から」表示物品或知識情報的出處。

┃例文┃

◆ ママに洋服を買ってもらいました。

　　請媽媽買了衣服給我。

◆ 実家の両親から故郷のお菓子を送ってもらいました。

　　我請在老家的父母親寄一些家鄉的糕餅給我。

◆ 陳さんは吉川さんから日本料理の作り方を教えてもらった。

　　陳小姐請吉川小姐教她日本料理的做法。

重要

用「～てもらう」來表達請求或委託時，須以疑問句「～てもらえますか」或否定疑問句「～てもらえませんか」的形式。

◆ あの、これ、貸してもらえませんか。

　　那個……這個可不可以借我呢？

┃実戦問題┃

彼女は体が弱いので、1か月＿＿＿ ＿＿＿ ＿＿＿ ＿★＿います。

1 診て　　　　　　**2** 医者に　　　　　　**3** もらって　　　　　　**4** おきに

第 9 週

● 模擬試験 ●

次の文の（　　）に入れるのに最もよいものを、1・2・3・4から一つ選びなさい。

① 体に悪いですから、タバコを（　　）いいです。
　　1 やめる　　　　　　　　　　　2 やめた
　　3 やめたほうが　　　　　　　　4 やめるが

② 結婚祝いに、課長は私に高価な食器セットを（　　）。
　　1 やりました　　　　　　　　　2 くださいました
　　3 さしあげます　　　　　　　　4 いただきました

③ 仕事が終わって、今から（　　）ところです。
　　1 帰る　　　　　　　　　　　　2 帰った
　　3 帰っている　　　　　　　　　4 帰らない

④ 先日、お客さんから贈り物を（　　）。
　　1 やりました　　　　　　　　　2 くださいました
　　3 さしあげました　　　　　　　4 いただきました

⑤ 私は毎日上司にお茶を入れて（　　）。
　　1 やります　　　　　　　　　　2 さしあげます
　　3 くれます　　　　　　　　　　4 くださいます

⑥ 息子は数学が苦手ですので、私はいろいろ教えて（　　）。
　　1 あげました　　　　　　　　　2 くれました
　　3 さしあげました　　　　　　　4 くださいました

⑦ 欧米ではプレゼントをもらったときに、すぐ（　　）ほうがいいです。
　　1 あけた　　　　2 あげた　　　　3 いただいた　　　4 くれた

⑧ 社長はいま会議を（　　）ところです。

1 しよう　　　　　　**2** して　　　　　　**3** している　　　　　**4** しない

⑨ 毎年のバレンタインデーにお客さんにチョコを（　　）。

1 やります　　　　　　　　　　　　**2** くださいます

3 さしあげます　　　　　　　　　　**4** やれます

⑩ さっき（　　）ところだから、まだ眠い。

1 起きる　　　　　　　　　　　　　**2** 起きて

3 起きている　　　　　　　　　　　**4** 起きた

⑪ 先生、お荷物が重そうですね。（　　）。

1 お持ちあげます　　　　　　　　　**2** お持ちさしあげます

3 お持ちしましょうか　　　　　　　**4** お持ちもらいましょうか

⑫ 私は毎日花に水をかけて（　　）。

1 やります　　　　　　　　　　　　**2** さしあげます

3 もらいます　　　　　　　　　　　**4** くれます

⑬ 酔っていますから、もうこれ以上お酒を（　　）ほうがいいです。

1 飲む　　　　　　**2** 飲んだ　　　　　　**3** 飲まない　　　　　**4** 飲まなかった

⑭ 雨の日に両親に駅まで車で（　　）。

1 送ってくれる　　　　　　　　　　**2** お送りください

3 お送りもらう　　　　　　　　　　**4** 送ってもらう

⑮ 野良猫に餌を（　　）ください。

1 やる　　　　　　　　　　　　　　**2** くれないで

3 もらわなくて　　　　　　　　　　**4** やらないで

第**10**週

Checklist

100 ～ていただく

┃意味┃ （請他人）為…做…

┃接続┃ 動詞て形＋いただく

┃説明┃

「～ていただく」為「～てもらう」的謙讓表現。當施予恩惠的人是上司或長輩時，可用此對上司或長輩表示敬意。也可以改成疑問句「～ていただけますか」，或作否定疑問句「～ていただけませんか」的說法，來表達請求或委託。

┃例文┃

◆ 私の息子は先生に推薦状を書いていただきました。

我的兒子請老師幫忙寫推薦信。

◆ 部長に注意していただきましたから、今回の計画がうまくいくことができました。

因為承蒙經理的提醒，這次的計畫才得以順利進行。

◆ すみません。ちょっと手伝っていただけませんか。

不好意思。能否請您幫個忙？

 重要

由於「～ていただく」為謙讓自己動作的用法，因此適用於表示「他人為我或我方的人做」，而若要表示「他人為他人做」時，則使用「～てもらう」較佳。

┃実戦問題┃

ガイドさんに＿＿＿ ＿＿＿ ＿＿＿ ★ ました。

1 案内を　　　　　　　　　　**2** して

3 ヴェルサイユ宮殿の　　　　　**4** いただき

101 ～てくれる

┃意味┃ （他人）為（我）做…

┃接続┃ 動詞て形＋くれる

┃説明┃

「～てくれる」是以施益者為主語的句型，為受益者對施益者心存感激的表達方式，用於「他人為我做」或「他人為我方的人做」，此時「我方的人」通常與自己關係親密，例如家人、朋友等。受益者一般用助詞「に」表示，但如果受益者本身就是句中動詞的直接受詞時，則使用助詞「を」；若動作的對象為受益者本身所有物時，則使用助詞「の」。

┃例文┃

◆ 鈴木さんが（私に）日本語を教えてくれました。

鈴木先生教我日語。

◆ 警察が（私を）助けてくれた。

警察幫了我。

◆ 店員さんが妹の自転車を修理してくれた。

店員為妹妹修理腳踏車。

重要

有時當某人的行為造成說話者的困擾時，說話者也會故意使用此句型藉以反諷、挖苦。

◆ よく困ったことをしてくれたね。　你還真是會給我找麻煩。

┃実戦問題┃

私のお弁当は＿＿＿ ＿＿＿ ＿＿＿ ★ です。つまり愛妻弁当です。

1 作って　　　　**2** もの　　　　**3** くれた　　　　**4** 妻が

102 〜てくださる

┃意味┃ （他人）為（我）做…

┃接続┃ 動詞て形＋くださる

┃説明┃

「〜てくださる」為「〜てくれる」的敬語表現。當施益者是上司或長輩時，即用此對上司或長輩表示敬意，但由於說法客氣有禮，有時即使施益者是平輩時也會使用。也可用否定疑問句「〜てくださいませんか」來禮貌地表達請求或委託。

┃例文┃

◆ みんなが 協力してくださいました。

  承蒙大家的幫忙。

◆ お金を貸してくださいませんか。

  您能借我錢嗎？

◆ すみませんが、こちらの資料をメールで送ってくださいませんか。

  不好意思，你能將這裡的資料用電子郵件寄給我嗎？

 重要

「〜てもらう／いただく」與「〜てくれる／くださる」都是從對方那裡得到好處，但前者是以受益者為主語，表示請求對方做某事；後者是以施益者為主語，對方主動做某事的語感較強。

（受益者）は／が（施益者）に〜てもらう／いただく

（施益者）は／が（受益者）に〜てくれる／くださる

┃実戦問題┃

当時、戦争で孤児になった＿＿＿ ＿＿＿ ★ ＿＿＿大和さんでした。

1 くださった   2 のは

3 私を   4 引き取って

103 動詞受身形

┃説明┃

「受身形」的中文意思即為「被動形」。之前我們學過的動詞句都是主動句，如果改由動作承受者的角度出發，便成了「被動句」，此時動詞必須改為被動形。而所有類型的動詞，變化成被動形後都歸類於第Ⅱ類動詞。

①第Ⅰ類動詞：除了語尾為「う」的動詞，要變成「わ」再加「れる」以外，其餘語尾ウ段音改成ア段音，再加「れる」。

言う	行く	壊す	呼ぶ
⬇	⬇	⬇	⬇
言われる	行かれる	壊される	呼ばれる

②第Ⅱ類動詞：語尾「る」去掉，直接加「られる」。第Ⅱ類動詞的受身形與動詞可能形完全一致。

いる	起きる	食べる	教える
⬇	⬇	⬇	⬇
いられる	起きられる	食べられる	教えられる

③第Ⅲ類動詞：不規則變化。

来る	する	紹介する
⬇	⬇	⬇
来られる	される	紹介される

┃実戦問題┃

1 入る　　→＿＿＿＿＿＿＿＿　　　**2** 待つ　　→＿＿＿＿＿＿＿＿

3 忘れる　→＿＿＿＿＿＿＿＿　　　**4** 注意する→＿＿＿＿＿＿＿＿

104 ～に（ら）れる／から（ら）れる

┃意味┃ 被…；受到…

┃接続┃ （動作承受者）が／は＋（動作執行者）に／から＋動詞受身形

┃説明┃

被動句的句型以動作承受者為主語，所以助詞用「が」、「は」表示；動作執行者的助詞一般用「に」表示。但是當動作執行者為機關、團體或物品的給予者時，則助詞需用「から」代替。

┃例文┃

◆ 私は先生に褒められました。　我受到老師誇獎。

◆ 弟は父に怒られました。　弟弟惹爸爸生氣。

◆ 税務署から申告漏れを注意されました。　收到稅務機關警告漏報稅。

◆ 上司から辞令を渡されました。　收到上級的人事命令。

重要

被動句如果轉換成主動句則作「（動作執行者）が／は＋（動作承受者）を＋動詞普通形」。

◆ 妹は母に叱られた。　妹妹被媽媽罵了。

◆ 母は妹を叱った。　媽媽罵了妹妹。

┃実戦問題┃

どうしよう、うちの犬＿＿＿ ＿＿＿ ★ ＿＿＿ました。

1 に　　　　　2 が　　　　　3 かまれ　　　　　4 野良犬

105　～を（ら）れる

┃意味┃　被…

┃接続┃　（動作承受者）が／は＋（動作執行者）に＋名詞＋を＋動詞受身形

┃説明┃

此句型用於當承受動作的對象是某人的所有物或身體部位時，表示動作承受者因為動作執行者的行為而受到影響。雖然並非絕對，但此時動作承受者所受的影響大多為負面的困擾或損失等。

┃例文┃

◆ 私は先生に作文を褒められました。　我的作文得到老師誇獎。

◆ 私は泥棒にお金を盗まれた。　我的錢被小偷偷了。

◆ 電車で誰かに足を踏まれた。　在電車上不知道被誰踩到腳。

重要

由於被動句表「非自願地被…」的感受，因此一般受到別人好意、得到幫助的「受惠」表現時，則以授受表現「～てもらう」表示。

（×）私は友達にコンピュータを修理された。

（○）私は友達にコンピュータを修理してもらった。

　　我請朋友幫我修理電腦。

┃実戦問題┃

私が家にいない____ ____ ★ ____ました。

1 とき　　　　　**2** 読まれ　　　　**3** 母に　　　　　**4** 日記を

106 動詞使役形

┃説明┃

「使役」的中文意思即為「指使他人做某事」，指使者的位階通常高於被指使者，而此時使役句的動詞即稱為使役形。所有類型的動詞，變化成使役形後都會歸類於第Ⅱ類動詞。

①第Ⅰ類動詞：除了語尾為「う」的動詞，要變成「わ」再加「せる」以外，其餘語尾ウ段音改成ア段音，再加「せる」。

言う	行く	壊す	読む
⬇	⬇	⬇	⬇
言わせる	行かせる	壊させる	読ませる

②第Ⅱ類動詞：語尾「る」去掉，直接加「させる」。

着る	考える	かける	食べる
⬇	⬇	⬇	⬇
着させる	考えさせる	かけさせる	食べさせる

③第Ⅲ類動詞：不規則變化。

来る	する	紹介する
⬇	⬇	⬇
来させる	させる	紹介させる

┃実戦問題┃

1 笑う →＿＿＿＿＿＿＿ 　 **2** 喜ぶ →＿＿＿＿＿＿＿

3 見る →＿＿＿＿＿＿＿ 　 **4** 出張する→＿＿＿＿＿＿＿

107　～を（さ）せる（他動詞）

┃意味┃　要（他人）做…；讓（他人）做…

┃接続┃　（指使者）が／は＋（被指使者）に＋名詞＋を＋他動詞使役形

┃説明┃

①表示強制的命令、指示他人做某事。

②表示對他人行為消極的許可、放任。

┃例文┃

①

◆ 先生は生徒に 教 室の掃除をさせました。

　老師要學生打掃了教室。

◆ 母は 弟 にナスを食べさせます。

　母親要弟弟吃茄子。

②

◆ お父さんが子供にテレビゲームをさせました。

　父親放任孩子玩電動。

◆ 友達に 私 の漫画を読ませる。

　讓朋友看我的漫畫。

 重要

單看一句話的情況下，很難確認此句是「強制」還是「放任」，因此通常需要看前後文來辨別。

┃実戦問題┃

サッカーをしているとき、つい____ ____ ★ ____ました。

1させて　　　　**2**けがを　　　　**3**友達に　　　　**4**しまい

108 〜を（さ）せる／に（さ）せる（自動詞）

▌**意味**▌ 要（他人）做…；讓（他人）做…

▌**接続**▌ （指使者）が／は＋（被指使者）＋を／に＋自動詞使役形

▌**説明**▌

在自動詞的使役句型中，被指使者的助詞可使用「を」或「に」。大部分情況下都以「を」表示，但若是句子後方另有「受詞＋を」時，為了避免出現兩次「を」而產生混亂，此時被指使者的助詞則會以「に」表示。用法有以下三種：

①表示強制的命令、指示他人做某事。

②表示對他人行為消極的許可、放任。

③表示引發他人的某種情感，此時的助詞僅能使用「を」，且不一定含有上對下階層關係。

▌**例文**▌

①

◆ 子供をお使いに行かせました。

　要小孩去跑腿。

◆ 社長は誰にもオフィスに入らせません。

　總經理不讓任何人進他的辦公室。

②

◆ 体調の悪い部下に帰らせました。

　讓身體不適的部下回家了。

◆ 犬を自由に走らせました。

　讓狗自由奔跑。

③

◆ 兄がうそをついて、父を怒らせた。

哥哥說了謊，讓父親生氣。

◆ 小さい頃はよく弟と喧嘩して、両親を困らせた。

小時候我經常和弟弟吵架，讓父母親很困擾。

 重要

除了動詞使役形之外，也有一部分的他動詞本身即有使役的含義，例如：
「泣かす（讓人哭、弄哭）」。而除了「泣く」等自發的情感動詞之外，當
自動詞本身有相對應、具使役含義的他動詞時，通常直接取代使役形使用，
例如：「起こす（讓人起來、叫醒）」。

（○）私は赤ちゃんを泣かせた。

（○）私は赤ちゃんを泣かした。

　　　我把小嬰兒弄哭了。

（△）あした朝6時に私を起きさせてください。

（○）あした朝6時に私を起こしてください。

　　　明天早上6點叫醒我。

┃実戦問題┃

朝寝すぎて、＿＿＿ ＿＿＿ ★ ＿＿＿。

1 怒られた　　　　**2** 彼女を　　　　**3** 2時間も　　　　**4** 待たせたから

109 ～（さ）せてください

┃意味┃ 請讓我做…；請允許我做…

┃接続┃ 動詞使役て形＋ください

┃説明┃

表示「說話者請求對方讓自己或某人做某事」，多用於確信對方會同意自己的請求時。動作執行者以助詞「に」表示，若動作執行者即說話者時，可省略「私に」。

┃例文┃

◆ その仕事はぜひ私にさせてください。

　　那份工作請務必要交給我負責。

◆ この本を読んでから感想を聞かせてください。

　　請在閱讀這本書後，讓我聽聽您的感想。

◆ 疲れたから少し休ませてください。

　　我累了，請稍微讓我休息一下。

◆ ぜひ「師匠」と呼ばせてください。

　　請務必讓我稱呼您為「師父」。

🎯 重要

「～てもいいですか」與「～（さ）せてください」同樣都是「說話者請求對方讓自己做某事」，但前者多用於一般事項的請求；後者多用於對位階較高的人的請求，語氣較強且直接。

┃実戦問題┃

すみません。うちの子が熱が出た＿＿＿ ＿＿＿ ★ ＿＿＿。

1 ので　　　　　　**2** ください　　　　**3** 帰らせて　　　　**4** 今日はもう

110 〜（さ）せてもらう／（さ）せていただく

┃意味┃ 承蒙讓我做…；請讓我…

┃接続┃ 動詞使役て形＋もらう／いただく

┃説明┃

為「說話者請求對方讓自己做某事」以及「非常禮貌地敘述自己行為」的說法，用於正式場合或下對上的位階關係時。「〜（さ）せていただく」為「〜（さ）せてもらう」的謙讓表現。也可用否定疑問句「〜（さ）せてもらえませんか」、「〜（さ）せていただけませんか」來禮貌地表達請求或委託。

┃例文┃

◆ のちほどご案内させてもらいます（＝ご案内させていただきます）。

　　稍後請讓我為各位導覽介紹。

◆ 今日は体調が悪いので、早退させていただきたいんですが。

　　今天我身體不舒服，想要提早離席。

◆ お話の途中に失礼ですが、少し質問させていただけませんか。

　　打斷您講話，真的很抱歉，請問可以稍微讓我發問一下嗎？

重要

「〜（さ）せていただく」與「〜（さ）せてください」同樣表達請求允許，但前者含有「在不論對方同意與否的情況下，便直接報告自己要做某事」的語感，因此用法上「〜（さ）せてください」較為禮貌。但若是「〜（さ）せていただけませんか」與「〜（さ）せてください」兩者相比，則前者更為禮貌。

┃実戦問題┃

すみません。＿＿＿ ＿＿＿ ★ ＿＿＿ませんか。

1 コピーを　　　　**2** いただけ　　　　**3** この資料の　　　　**4** 取らせて

● 模擬試験 ●

次の文の（　　）に入れるのに最もよいものを、1・2・3・4から一つ選びなさい。

1 先生は生徒（　　）教室を掃除させた。
　　1 に　　　　　　　　**2** を　　　　　　　　**3** が　　　　　　　　**4** から

2 鍵をかけるのを忘れたので、泥棒（　　）。
　　1 に　入られた　　　　　　　　　　**2** に　入らせた
　　3 を　入られた　　　　　　　　　　**4** を　入らせた

3 母は子に薬を（　　）。
　　1 飲んだ　　　　　　　　　　　　**2** 飲んでくださった
　　3 飲ました　　　　　　　　　　　**4** 飲ませた

4 今日のお会計は私（　　）いただきます。
　　1 が　払わせて　　　　　　　　　　**2** を　払わせて
　　3 が　払われて　　　　　　　　　　**4** を　払われて

5 私（　　）日本語を教えてくれますか。
　　1 が　　　　　　　**2** に　　　　　　　**3** から　　　　　　　**4** を

6 何度も同じことを（　　）ください。
　　1 言わしないで　　　　　　　　　　**2** 言わせないで
　　3 言あせないで　　　　　　　　　　**4** 言あさないで

7 兄は誰の言うことも聞かないので、母（　　）。
　　1 に　悲しまれた　　　　　　　　　　**2** を　悲しまれた
　　3 に　悲しませた　　　　　　　　　　**4** を　悲しませた

⑧ 何もしていないのに、みんな（　　）褒めてくださいました。

1が　　　　　　　**2**に　　　　　　　**3**から　　　　　　　**4**を

⑨ Ａ：すみません、作り方についてもっと詳しく説明して（　　）か。
　　Ｂ：はい。じゃ、もう一度最初からご説明します。

1やれます　　　　　　　　　　　　**2**もらいます
3くださえます　　　　　　　　　　**4**いただけません

⑩ 今回の海外出張はぜひ僕に（　　）。

1行かれてください　　　　　　　　**2**行かせてください
3行かれていただきます　　　　　　**4**行かしてもらいます

⑪ 彼はみんな（　　）笑われた。

1が　　　　　　　**2**に　　　　　　　**3**で　　　　　　　**4**を

⑫ 笑うとお腹が痛いので、私（　　）ください。

1に　笑わせて　　　　　　　　　　**2**に　笑わして
3を　笑わせないで　　　　　　　　**4**を　笑われないで

⑬ 私は兄にケーキを（　　）。

1食べた　　　　　　　　　　　　　**2**食べれた
3食べられた　　　　　　　　　　　**4**食べされた

⑭ 日本語をチェックして（　　）か。間違いがあったら、直してください。

1もらいます　　　　　　　　　　　**2**もらえません
3もらっていただきます　　　　　　**4**もらえてください

⑮ そんなことをすると、先生（　　）よ。

1に　怒られる　　　　　　　　　　**2**を　怒られる
3に　怒る　　　　　　　　　　　　**4**を　怒れる

第11週

Checklist

111 動詞使役受身形

│説明│

所謂「使役受身」是從使役句中被指使者的角度來看待使役這個動作，表示被指使去做某個動作，語感中含「硬被逼著去做不願意做的事」之意。此時動詞必須是使役受身形，且所有類型的動詞，變化成使役受身形後都會是第Ⅱ類動詞。

①第Ⅰ類動詞：除了語尾為「う」的動詞，要變成「わ」再加「せられる」以外，其餘語尾ウ段音改為ア段音，再加「せられる」。而實際使用上，「せられる」常被省略成「される」。但是語尾為「す」時，若省略成「される」就會重複兩個「さ」，因此通常只作「せられる」。

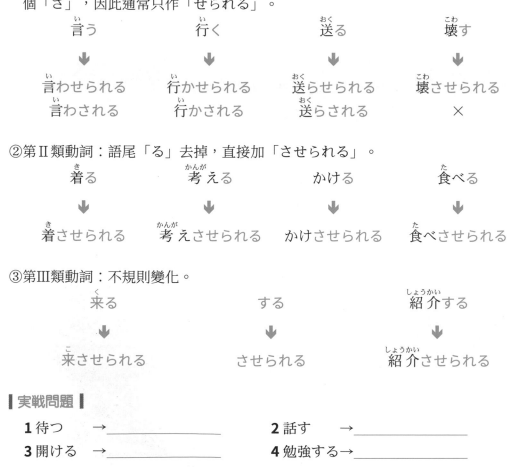

言う	行く	送る	壊す
↓	↓	↓	↓
言わせられる	行かせられる	送らせられる	壊させられる
言わされる	行かされる	送らされる	×

②第Ⅱ類動詞：語尾「る」去掉，直接加「させられる」。

着る	考える	かける	食べる
↓	↓	↓	↓
着させられる	考えさせられる	かけさせられる	食べさせられる

③第Ⅲ類動詞：不規則變化。

来る	する	紹介する
↓	↓	↓
来させられる	させられる	紹介させられる

│実戦問題│

1 待つ　→＿＿＿＿＿＿＿　　2 話す　→＿＿＿＿＿＿＿

3 開ける　→＿＿＿＿＿＿＿　　4 勉強する→＿＿＿＿＿＿＿

112 ~に（さ）せられる

┃意味┃ 被迫…

┃接続┃ （被迫執行者）＋が／は＋（強迫執行者）＋に＋動詞使役受身形

┃説明┃

使役受身句由於是將使役句改成被動句的形態，所以句型與被動句一模一樣，只是動詞改為使役受身形。主語為被迫執行動作的人，助詞用「が」、「は」表示；而強迫他人執行動作的人，助詞用「に」表示。當主語為自己時，可省略「私が」、「私は」。

┃例文┃

◆ 子供のころ、よく母に野菜を食べさせられました。

　　小時候時常被媽媽強迫吃蔬菜。

◆ 学生時代、よく遅刻して先生にトイレ掃除をさせられました。

　　學生時期，經常因為遲到而被老師罰打掃廁所。

◆ 洋子ちゃんはいつも店員に服を買わせられる。

　　洋子老是被店員推銷購買衣服。

◆ 居酒屋で上司に飲まされました。

　　在居酒屋被上司灌酒。

┃実戦問題┃

興味がないのに、＿＿ ＿＿ ＿＿ ★ ました。

1 彼女の　　　　　**2** 恋の話を　　　　**3** 友達に　　　　**4** 聞かされ

113 ～と思っている

┃意味┃ （他人）認為…；（他人）想要…

┃接続┃ 文＋と思っている

┃説明┃

之前學到的「～と思う」只能用於第一人稱，若要表示第三人稱內心的想法、意志、慾望時則用「～と思っている」。由於要敘述的是他人的內心狀況，故後面經常跟著表傳聞或推測語氣的「そうだ」、「ようだ」、「らしい」等。若為第二人稱時，也可以使用「～と思う」，但只能以疑問句的「～と思うか」形式使用。

	～と思う	～と思っている
第一人稱	○	○
第二人稱	疑問句	○
第三人稱	×	○

┃例文┃

◆ 彼はお金が一番大切だと思っているようです。

他好像認為錢是最重要的。

◆ 警察はあの人が犯人だと思っているそうです。

聽說警察認為那個人是犯人。

◆ Ａ：ボーナスをどう使おうと思いますか。

你打算如何花獎金呢？

Ｂ：そうですね。私は海外旅行に使おうと思いますが、夫は車に使おうと思っているようです。

嗯……我打算用在出國旅行上，可是我先生好像打算花在車子上。

將之前學過的「～（よ）うと思う」改為「～（よ）うと思っている」時，也可用於表示第三人稱的意志。另外，表示個人意志的「～つもりだ」也可用於表示第三人稱的想法，但此時後方需有表傳聞或推測語氣的「そうだ」、「ようだ」、「らしい」等助動詞。與「～と思っている」相比，「～つもりだ」所表達的想法更為明確與堅定。

◆ 田中さんはマイホームを買おうと思っているらしい。

　田中先生好像打算買棟自己的房子。

◆ 田中さんはマイホームを買うつもりらしい。

　田中先生好像打算買棟自己的房子。

実戦問題

中野：桜井さんも＿＿＿　＿＿＿　★　＿＿＿ですよ。誘ってみたらどうですか。

小山：無理ですよ。どうせ断られるでしょう。

1 らしい　　　　　　　　　　　**2** 行こう

3 と思っている　　　　　　　　**4** 夏祭りに

114 　〜がっている

▎意味▎ （他人）很…

▎接続▎ ナ形
　　　 イ形い　｝＋がっている

▎説明▎

形容詞可分為描述外在性質的屬性形容詞：「おいしい」、「大きい」、「高い」
等，以及描述內心的情感形容詞：「悲しい」、「痛い」、「眠い」等。在日語裡，
只有第一人稱當主語時，才能直接使用情感形容詞。若要表現他人的內心感受時，
就要使用接尾語「がる」成為動詞，作「情感形容詞語幹＋がる」，然後加「てい
る」，而此時表示對象的助詞「が」，也必須跟著改成「を」。

▎例文▎

◆ 彼は寂しがっています。　　他感到很寂寞。

◆ 彼は面倒を嫌がっています。　　他討厭麻煩。

◆ 彼はゴキブリを怖がっています。　　他怕蟑螂。

 重要

當描述的不是第三人稱個人而是某類族群的情感、感受時，則直接使用「〜
がる」，表示一般現象、常理。另外，描述第三人稱個人的情感、感受時，
也可以直接在情感形容詞後面加表傳聞或推測語氣的「そうだ」、「よう
だ」、「らしい」等助動詞。

◆ 学生は宿題を嫌がる。　　學生都討厭作業。

◆ 彼は寂しいようだ。　　他似乎很寂寞。

▎実戦問題▎

彼女は恥ずかし＿★＿ ＿＿＿ ＿＿＿ ＿＿＿視線を下に向けています。

1 ときは 　　　 **2** がって 　　　 **3** いつも 　　　 **4** 人と話す

115 　〜たがる／たがっている

┃意味┃　（他人）想…

┃接続┃　動詞ます＋たがる／たがっている

┃説明┃

由「〜たい＋がる／がっている」變化而來，與「〜たい＋そうだ／ようだ／らしいだ」用法相似，適用於表達「第三人稱想要做…」。其中「〜たがる」表某族群的一般欲求狀態，「〜たがっている」則表第三人稱的個人欲求狀態。

┃例文┃

◆ 彼は日本へ留学に行きたがっています。

　他想去日本留學。

◆ 子供はいつでも遊びたがる。

　小孩子不論何時都想玩。

◆ 子供は休みの日になると、ゲームをやりたがる。

　小孩子一放假就想打電動。

🎯 **重要**

須注意「〜たい」只能用於表示「第一人稱想要做…」，且助詞可以用「が」或「を」，但是作「〜たがる／たがっている」時，其助詞只能用「を」。

（×）小山さんはアイスラテが飲みたがっている。

（○）小山さんはアイスラテを飲みたがっている。

　小山先生想喝冰拿鐵。

┃実戦問題┃

この物語の結末はどうなる＿＿＿ ＿＿＿ ＿＿＿ ★＿はずです。

1 誰　　　　　**2** 知りたがる　　　**3** のか　　　　　**4** でも

116 ～欲しがる／欲しがっている

┃意味┃ （他人）想要…

┃接続┃ 名詞＋を＋欲しがる／欲しがっている

┃説明┃

由「～欲しい＋がる／がっている」變化而來，與「～欲しい＋そうだ／ようだ／らしい」用法相似，適用於表達「第三人稱想要…」。其中「～欲しがる」表某族群的一般欲求狀態，「～欲しがっている」表第三人稱個人的欲求狀態。

┃例文┃

◆ 彼_{かれ}はマイカーを欲_ほしがっています。

> 他想要有輛自己的車。

◆ 娘_{むすめ}はイヤホンを欲_ほしがっている。

> 女兒想要耳機。

◆ 子供_{こども}はおもちゃを欲_ほしがる。

> 小孩子都想要玩具。

重要

須注意「～欲しい」只能用於表示「第一人稱想要…」，且助詞為「が」，但是作「～欲しがる／欲しがっている」時，其助詞須改成「を」。

┃実戦問題┃

母は服を買うのが好きで、服がいっぱいあるから、＿＿ ＿＿ ＿＿ ★ います。

1 今のタンス	**2** 大きいのを
3 欲しがって	**4** より

168

117　なかなか〜ない

▎**意味**▏　怎麼都不…；很難…

▎**接続**▏　なかなか＋動詞ない形

▎**説明**▏

「なかなか」後面接續動詞否定表現時，語意為「很難…」或「怎麼都不…」。用於強調某事無法簡單容易地做到。

▎**例文**▏

◆ 電話したけれど、なかなか出てくれません。

　　雖然打了電話，但是對方卻怎麼都不接聽。

◆ ダイエットしているのに、体重がなかなか落ちない。

　　明明在減肥了，體重卻怎麼也降不下來。

◆ もう４０分も待ったのに、バスがなかなか来ない。

　　都已經等40分鐘了，公車卻怎麼都不來。

▎**重要**▏

若「なかなか」後面接續形容詞或動詞的肯定表現時，語意則為「相當…」或「頗…」。

◆ この店の唐揚げはなかなかおいしいです。

　　這間店的炸雞相當好吃。

▎**実戦問題**▏

大学卒業してから１年も経ったが、自分に＿＿＿ ＿＿＿ ＿＿＿ ★。

1 見つからない　　　　　　　　　**2** 合う

3 仕事は　　　　　　　　　　　　**4** なかなか

118　あまりにも～

┃意味┃　太過於…

┃接続┃　あまりにも＋ { ナ形普通形／で
イ形普通形／くて
動詞普通形／て形 }

┃説明┃

表示超過一般情形或程度，可用於好的方面，也可以用於表達壞的方面。要注意的是「あまりにも＋形容詞／動詞」通常做為後句情況原因的說明，故形容詞與動詞經常以「て形」或「普通形＋ので」的形式出現。「あまり」在口語中經常會說成「あんまり」。

┃例文┃

◆ このケーキがあまりにもおいしいので、つい食べ過ぎてしまった。

這蛋糕太過於好吃，所以我不知不覺就吃過多了。

◆ 彼の英語力があまりにもすごくてびっくりした。

他的英文能力太強，著實讓我嚇了一跳。

◆ 彼の境遇があまりにも気の毒で言葉が出ない。

他的遭遇太令人同情，使我不知如何回應。

┃実戦問題┃

あの日見た景色は＿★＿ ＿＿＿ ＿＿＿ ＿＿＿鮮明に覚えています。

1 今でも　　　　　　**2** 美し　　　　　　**3** すぎて　　　　　　**4** あまりにも

119 ～のだ／んだ

┃意味┃ ①詢問、確認　②說明解釋　③補充說明

┃接続┃
名詞な／普通形
ナ形な／普通形
イ形普通形
動詞普通形
$\Big\}$ ＋ のだ
んだ

┃説明┃

表示向對方進行確認或解釋說明。敬體「のです」在口語通常會變成「んです」；
普通體「のだ」在口語裡，通常說成「んだ」。用法可細分為以下三種：

①以「～んですか。」的疑問句方式呈現時，表示說話者依據自己所見所聞的情形
　詢問對方，或與對方做確認，並希望對方進一步提供訊息。

②以「～んですが、～。」的轉折句方式呈現時，表示說話者先說明理由或解釋情
　況，以便後句向對方提出請求或許可。

③以「（～。）～んです。」的方式呈現時，表示說話者針對前一句所敘述的內容
　或眼前的狀況作補充說明或解釋。

┃例文┃

①

◆ あ、もう帰るんですか。

　（看到對方在收拾東西）啊，你要回去了嗎？

◆ えっ、どうしてびしょ濡れになりましたか。傘を持ってなかったんですか。

　欸，你怎麼全身溼透了呢？沒帶雨傘嗎？

②

◆ 頭が痛いんですが、今日は早く帰ってもいいですか。

　我頭痛，今天可以早點回去嗎？

◆ 正しい参拝方法を知らないんだが、教えてくれないか。

　我不知道正確的參拜方法，你能教我嗎？

③

◆ きのう会社を早退しました。具合が悪かったんです。

　我昨天提早下班，因為身體不舒服。

◆ 黄さんは来月から熊本県に行くそうだ。ワーキングホリデーなのだそうだ。

　聽說黃小姐下個月要去熊本縣。好像是去打工度假。

 重要

在使用「のだ」作解釋說明時，必須要有一個狀況先發生，並以此為前提進行後續對話。

◆ 雨が降っていますか。

　正在下雨嗎？（單純詢問客觀事實。）

◆ 雨が降っているんですか。

　正在下雨嗎？（可能聽到雨聲，或是看到有人撐傘等，而作進一步確認。）

実戦問題

もう夜中＿＿★＿　＿＿＿　＿＿＿　＿＿＿ませんか。

1 なんですが　　　　　　　　　2 いただけ

3 少しテレビの音を　　　　　　4 小さくして

120 ～の（終助詞）

意味 ①詢問、確認　②解釋說明

接続　名詞な／普通形
　　　　　ナ形な／普通形
　　　　　イ形普通形　　　　｝＋の
　　　　　動詞普通形

説明

「の」作為終助詞置於句尾時，可視為「～のです」、「～のですか」的口語普通體用法，適用於熟人之間。主要為女性或孩童的用語，但男性並非完全不用。用法分為以下兩種：

①用於詢問對方並確認意見時，句尾語調需上揚。此時男性仍較常說「のか」。
②用於回覆對方提出的疑問，作原因理由的說明。此時男性仍較常說「のだ」。

例文

①
◆ 彼女に誤解されたままでいいの？

　就這樣被你女朋友誤會，沒關係嗎？

◆ 私がこのプリンを食べてもいいの？

　我可以吃這個布丁嗎？

②
◆ A：一杯飲みに行かない？　　要不要去喝一杯？

　　B：ごめんなさい。今日は先約があるの。　　抱歉，我今天跟人有約了。

実戦問題

母親：元気がないね。今日学校で何があったの？

子供：A君にバカ＿＿＿　＿＿＿　＿＿＿　★　。

1 言われて　　　　**2** と　　　　　　　**3** 喧嘩した　　　　**4** の

121 ～のよ／のね

│意味│ …喔；…吧

│接続│
名詞な／普通形
ナ形な／普通形
イ形普通形
動詞普通形
＋ のよ
のね

│説明│

終助詞「の」後接「よ」、「ね」時，主要為女性和孩童用語，但是男性對關係親密的女性或孩童也可以使用。其用法分別如下：

①「～のよ」：解釋說明情況，並強調其語氣。語氣較「の」強烈。

②「～のね」：向對方確認自己的判斷或說明是否正確。

│例文│

①

◆ クリスマスにはいつもベッドに靴下をぶら下げて寝るのよ。

聖誕節我可是都會在床邊掛著襪子睡覺喔。

◆ 夜になると、この辺りはとても静かなのよ。

一到晚上，這一帶非常安靜喔。

②

◆ あなたが行ってくれるなら、私は行かなくてもいいのね。

如果你去的話，那我就可以不用去了吧。

◆ これは本当にあなたが書いたのね。

這真的是你寫的對吧。

│実戦問題│

先生：＿＿＿ ＿＿＿ ＿＿＿ ★ 。どうしてこんなことするの。

子供：ごめんなさい。先生に怒られたくありませんから、つい…。

1 騙した　　　　**2** のね　　　　**3** あなたは　　　　**4** 先生を

● 模擬試験 ●

次の文の（　　）に入れるのに最もよいものを、1・2・3・4から一つ選びなさい。

1　ああ、あしたの会議は朝（　　）のね。

1 9時　　　　　　**2** 9時な　　　　　**3** 9時だ　　　　　**4** 9時に

2　Ａ：また山へ行くんですか？
　　Ｂ：ええ、今紅葉がとても（　　）んです

1 きれいの　　　　**2** きれいに　　　　**3** きれいな　　　　**4** きれい

3　この子猫は私のことを（　　）。

1 親だ　　　　　　　　　　　　**2** 親だろうと思う
3 親だと思っている　　　　　　**4** 親だと思いたい

4　赤ちゃんはどんなものでも口に（　　）。

1 入れたい　　　　　　　　　　**2** 入れたがる
3 入れたがりたい　　　　　　　**4** 入れたいと思う

5　うちの子は髪を切るの（　　）のです。

1 を　嫌がっている　　　　　　　　**2** が　嫌がっている
3 を　嫌い　　　　　　　　　　　　**4** が　嫌い

6　母：いま何時だと（　　）。早く寝なさい。
　　子：はい。

1 思うのよ　　　　　　　　　　**2** 思っているの
3 思わない　　　　　　　　　　**4** 思たがっている

7　この犬は大人しいです。（　　）ください。

1 怖くて　　　　**2** 怖くないで　　　**3** 怖がなくて　　　**4** 怖がらないで

⑧ 授業が始まる前に、みんなの前で自己紹介を（　　）。
1 させられる　　　　　　　　　　　　**2** さられる
3 られる　　　　　　　　　　　　　　**4** させれる

⑨ 彼氏は忙しいです。なかなか（　　）。
1 会う　　　　　　**2** 会いたい　　　　**3** 会える　　　　　**4** 会えない

⑩ 私の両親は孫の顔（　　）。
1 を　見たいがる　　　　　　　　　　**2** が　見がる
3 を　見たがっている　　　　　　　　**4** が　見たがっている

⑪ バスや電車がとても便利なので、都会の若者は車（　　）。
1 が　ほしい　　　　　　　　　　　　**2** を　ほしくない
3 が　欲しがる　　　　　　　　　　　**4** を　欲しがらない

⑫ （　　）かわいいので、ついつい買ってしまいました。
1 あまりにも　　　　　　　　　　　　**2** あまりの
3 あまり　　　　　　　　　　　　　　**4** あまりも

⑬ 私はママに無理やり塾へ（　　）。
1 行った　　　　　　　　　　　　　　**2** 行かした
3 行かれさせた　　　　　　　　　　　**4** 行かされた

⑭ A：林さんは最近どうですか。
　　B：彼は会社を（　　）と思っているらしいですよ。
1 やめる　　　　　　**2** やめよう　　　　**3** やめたがる　　　　**4** やめた

⑮ 医者：どうしましたか。
　　患者：頭が痛い（　　）。
1 んです　　　　　**2** から　　　　　　**3** ので　　　　　　**4** だろうと思う

第12週

122 お〜／ご〜

┃意味┃ 美化語

┃接続┃ お ｝＋名詞
ご

┃説明┃

所謂「美化語」指的是單純美化詞語，使聽起來較高雅，並非對誰表示敬意。原則上，「お」主要接「和語」，「ご」接「漢語」。

┃例文┃

◆ 来週、友達とお花見に行きます。

　　下星期要和朋友去賞花。

◆ お盆というのは、ご先祖様の霊が家に帰ってくる時期です。

　　所謂的盂蘭盆節，就是祖先的靈魂回家的時節。

◆ お醤油を買ってきて。

　　去買醬油回來。

 重要

也有一些日常化的漢語加「お」已成了慣例，例如：「お時間」、「お天気」、「お電話」、「お弁当」、「お掃除」。通常美化語也不置於外來語、動植物名之前，但仍有例外，例如：「お茶」、「お花」。

┃実戦問題┃

日本では＿＿＿ ＿＿＿ ★ ＿＿＿という風習があります。

1 炊く　　　　　**2** お祝いの　　　　**3** 時に　　　　　**4** お赤飯を

123 お〜になる／ご〜になる

｜意味｜ 尊敬語

｜接続｜ お＋動詞ます＋になる

ご＋名詞する＋になる

｜説明｜

動詞的「尊敬語」是透過將動詞改成較尊敬的形式，相對提高特定對象身分地位，表達對動作者或狀態主體的敬意。但並非所有的動詞都適合改成「お〜になる／ご〜になる」的形式，例如以下兩種情況：

①第Ⅲ類動詞「来る」、「する」，以及只有兩個音的第Ⅱ類動詞「いる」、「見る」、「着る」、「寝る」、「出る」等不適用此文法。

②已有特殊尊敬動詞對應的各類動詞不適用此文法。

｜例文｜

◆ 先生は何時ごろお帰りになりますか。

老師幾點左右回家呢？

◆ この話、どちらでお聞きになりましたか。

這件事您是在哪裡聽到的呢？

◆ 初めてご使用になるときは、必ず取扱説明書をお読みください。

第一次使用時，請一定要閱讀使用說明書。

｜実戦問題｜

どうぞ＿＿ ＿＿ ＿＿ ★お待ちください。

1 になって　　　　**2** に　　　　　　**3** おかけ　　　　**4** こちら

124 特殊尊敬語動詞

║説明║

特殊尊敬語動詞是指動詞本身就是尊敬語的形式的動詞，此類動詞不能套用「お～になる／ご～になる」的方式變化，同時也須注意部份動詞的ます形為特殊變化。

一般動詞	特殊尊敬語動詞	
行く	いらっしゃる おいでになる	いらっしゃいます おいでになります
来る	いらっしゃる おいでになる お越しになる	いらっしゃいます おいでになります お越しになります
いる	いらっしゃる おいでになる	いらっしゃいます おいでになります
食べる	召し上がる	召し上がります
飲む	召し上がる	召し上がります
言う	おっしゃる	おっしゃいます
見る	ご覧になる	ご覧になります
寝る	お休みになる	お休みになります
する	なさる	なさいます
くれる	くださる	くださいます
知っている	ご存知だ	ご存知です

例文

◆ ４００周年記念を迎えるため、手書き原稿を特別公開します。ごゆっくりご覧になってください。

為了迎接 400 周年紀念，特別公開手寫原稿。請您慢慢地觀賞。

◆ こちらの差し入れを全社員に分けると社長がおっしゃいました。

總經理說將這裡的慰勞品分給全體職員。

◆ 開封後はお早目に召し上がってください。

（食品標語）開封後請盡早食用。

 重要

「動詞受身形」也可作尊敬語使用，敬意程度雖不如「お～になる／ご～になる」及特殊尊敬語動詞高，使用卻很頻繁。特別是不能作「お～になる／ご～になる」形式或無特殊尊敬形式的動詞，就必須使用動詞受身形。

例如：出る→（○）出られる　（×）お出になる

実戦問題

1 言っている　　→＿＿＿＿＿＿＿＿　2 知りません　→＿＿＿＿＿＿＿＿

3 協力してくれる　→＿＿＿＿＿＿＿＿　4 見る　　　　→＿＿＿＿＿＿＿＿

125 お～なさる／ご～なさる

┃意味┃ 做…（尊敬語）

┃接続┃ お＋動詞ます＋なさる

ご＋名詞する＋なさる

┃説明┃

「なさる」是「する」的特殊尊敬語動詞，所以「お～なさる／ご～なさる」與「お～になる／ご～になる」一樣，都是對動作主表達尊敬的用法，且語氣更為鄭重。但現代日語口語裡，較常使用「お～になる／ご～になる」。另外「なさる」的動詞ます形為特殊變化「なさいます」，命令形為「なさい」。

┃例文┃

◆ 社長、新商品のビール、もうお試しなさいましたか。

總經理，您試喝過新商品的啤酒了嗎？

◆ レジ袋をご利用なさいますか。

您需要塑膠袋嗎？

◆ あなたが行けば、おばあさんはきっとお喜びなさるでしょう。

如果你去的話，奶奶一定會很開心吧。

◆ 道で転んだとき、「これをお使いなさい。」と言いながら知らない人がハンカチをくれました。

在路邊跌倒的時候，「請使用這個吧。」不認識的人邊如此說著，邊給了我手帕。

┃実戦問題┃

家に帰るとき、母はいつも＿＿＿ ＿＿＿ ＿★＿ ＿＿＿くれます。

1 といって

2 優しい声で

3 なさい

4 お帰り

126 いらっしゃる／～ていらっしゃる

┃意味┃ 在；去；來；是（尊敬語）

┃接続┃
名詞で
ナ形で
イ形くて ┣ ＋いらっしゃる
動詞て形

┃説明┃

「いらっしゃる」同時是「いる」、「行く」、「来る」三種動詞的尊敬語，其動詞ます形為特殊變化「いらっしゃいます」。接在動詞て形之後，作「～ていらっしゃる」，此時爲「～ている」的尊敬語；接在名詞之後，作「～でいらっしゃる」，此時爲斷定助動詞「だ」的尊敬語。

┃例文┃

◆ 先生、あしたのパーティーにいらっしゃいますか。（行く）

老師您是否蒞臨明天的宴會？

◆ お時間がありましたら、またいらっしゃってください。（来る）

如果有時間的話，歡迎您再次光臨。

◆ あの方は今何かを考えていらっしゃるようです。（ている）

那一位先生似乎正沉思著某些事情。

 重要

招呼語「いらっしゃいませ。（歡迎光臨。）」就是源自動詞「いらっしゃる」。另外，現在日語的口語表現中，常常將「いらっしゃってください。」說成「いらしてください。」。

┃実戦問題┃

先生は____ ____ ____ ★____ます。

1 近代文学史を　**2** 日本の　　**3** 研究して　　**4** いらっしゃい

127　お～する／ご～する

┃意味┃ 做…（謙讓語）

┃接続┃ お＋動詞ます＋する

　　　　 ご＋名詞~~する~~＋する

┃説明┃

表達敬意除了用尊敬語之外，也可以藉由貶低說話者自身的行為動作，相對地對動作作用的對象或聽話者表示敬意，這叫做「謙讓語」。「お～する／ご～する」的謙讓語形式僅限動作直接觸及到尊敬的人時使用，且並非所有的動詞都適合改成「お～する／ご～する」，例如以下兩種情況：

①第Ⅲ類動詞「来る」、「する」，以及只有兩個音的第Ⅱ類動詞「いる」、「見る」、「着る」、「寝る」、「出る」等，不適用此文法。

②已有特殊謙讓動詞對應的各類動詞不適用此文法。

┃例文┃

◆ 先生に本をお借りしました。

　向老師借了書。

◆ 荷物をお預かりします。

　我替您保管行李。

◆ いらっしゃいませ。お席にご案内します。

　歡迎光臨。讓我為您帶位。

┃実戦問題┃

青年：おばあさん、荷物重そうですね。私が＿＿＿ ＿＿＿ ＿＿＿ ★＿か。

おばあさん：あら、ありがとうね。

1 運ぶ　　　　　**2** お手伝い　　　　　**3** のを　　　　　**4** しましょう

128 特殊謙讓語動詞

▌説明▌

特殊謙讓語動詞是指動詞本身就是謙讓語的形式的動詞，此類動詞不能套用「お〜する／ご〜する」的方式變化。

一般動詞	特殊謙讓語動詞	
行<ruby>行<rt>い</rt></ruby>く	<ruby>伺<rt>うかが</rt></ruby>う <ruby>参<rt>まい</rt></ruby>る	<ruby>伺<rt>うかが</rt></ruby>います <ruby>参<rt>まい</rt></ruby>ります
<ruby>来<rt>く</rt></ruby>る	<ruby>参<rt>まい</rt></ruby>る	<ruby>参<rt>まい</rt></ruby>ります
いる	おる	おります
<ruby>食<rt>た</rt></ruby>べる	いただく	いただきます
<ruby>飲<rt>の</rt></ruby>む	いただく	いただきます
<ruby>言<rt>い</rt></ruby>う	<ruby>申<rt>もう</rt></ruby>す <ruby>申<rt>もう</rt></ruby>し<ruby>上<rt>あ</rt></ruby>げる	<ruby>申<rt>もう</rt></ruby>します <ruby>申<rt>もう</rt></ruby>し<ruby>上<rt>あ</rt></ruby>げます
<ruby>見<rt>み</rt></ruby>る	<ruby>拝見<rt>はいけん</rt></ruby>する	<ruby>拝見<rt>はいけん</rt></ruby>します
<ruby>聞<rt>き</rt></ruby>く	<ruby>伺<rt>うかが</rt></ruby>う <ruby>拝聴<rt>はいちょう</rt></ruby>する	<ruby>伺<rt>うかが</rt></ruby>います <ruby>拝聴<rt>はいちょう</rt></ruby>します
<ruby>訪<rt>たず</rt></ruby>ねる	<ruby>伺<rt>うかが</rt></ruby>う	<ruby>伺<rt>うかが</rt></ruby>います
する	<ruby>致<rt>いた</rt></ruby>す	<ruby>致<rt>いた</rt></ruby>します
もらう	いただく	いただきます
あげる	さしあげる	さしあげます
<ruby>知<rt>し</rt></ruby>っている	<ruby>存<rt>ぞん</rt></ruby>じている	<ruby>存<rt>ぞん</rt></ruby>じています

▌例文▌

◆ 送（おく）ってくださった資料（しりょう）を拝見（はいけん）しました。問題（もんだい）ないと思（おも）います。

　　我看了您寄來的資料，覺得沒有問題。

◆ Ａ：お昼（ひる）ご飯（はん）はもう食（た）べましたか。よかったら一緒（いっしょ）にどうですか。

　　　你吃過午餐了嗎？方便的話要不要一起呢？

　　Ｂ：すみません。もういただきましたので。

　　　不好意思，我已經吃過了。

重要

「知っている」的謙讓語也可以作「存じておる」，但多為時代劇或是年長者使用，而ます形「存じております」則常用於職場上。另外，若當一個動詞同時使用兩種以上的尊敬語或謙讓語時，即稱為「二重敬語」，此為錯誤的文法，反而使聽者感到無禮或不愉快。雖然現代日本社會中有越來越多「二重敬語」成為固定用法，但學習者仍應避免較佳。以下為常見的錯誤用法：

（×）お召し上がりになる→尊敬語「お～になる」＋「食べる／飲む」的尊敬語「召し上がる」

（×）おっしゃられる→「言う」的尊敬語「おっしゃる」＋「動詞受身形」的尊敬用法

（×）拝見させていただく→「見る」的謙讓語「拝見する」＋「させてもらう」的謙讓語「させていただく」

（×）お伺いする→謙讓語「お～する」＋「行く／聞く／訪ねる」的謙讓語「伺う」

▌実戦問題▌

1 お願いします　→＿＿＿＿＿＿＿　**2** 来る　　→＿＿＿＿＿＿＿

3 教えてもらう　→＿＿＿＿＿＿＿　**4** 飲む　　→＿＿＿＿＿＿＿

129　お〜いたす／ご〜いたす

┃意味┃　做…（謙讓語）

┃接続┃　お＋動詞ます＋いたす

　　　　　ご＋名詞する＋いたす

┃説明┃

「致す」是「する」的特殊謙讓語動詞，所以「お〜いたす／ご〜いたす」與「お〜する／ご〜する」一樣，都是貶低說話者自身的行為動作，對動作作用的對象表達尊敬的用法，且語氣更為謙遜。

┃例文┃

◆ 社長、私がタクシーをお呼びいたしましょうか。

　總經理，要由我來叫計程車嗎？

◆ 山田先生にお会いして、いろいろお話いたしました。

　見到山田老師，跟他談了很多。

◆ 向こうに着いたら、すぐご連絡いたします。

　我一到目的地，立刻跟您連絡。

┃実戦問題┃

当店ではワインをメインにしていますので、＿＿＿ ＿＿＿ ＿＿＿ ★ ます。

1 方の　　　　　　**2** ご来店は　　　　　**3** 未成年の　　　　　**4** お断りいたし

130 おる／〜ておる

▌意味▌ 在（謙讓語）

▌接続▌ 動詞て形＋おる

▌説明▌

「おる」是「いる」的特殊謙讓語動詞。與前面提過的謙讓語形式「お／ご〜する／いたす」一樣，都用於貶低說話者自身。但不同的是，「お／ご〜する／いたす」說話者的動作直接觸及到尊敬的人，「おる」則不觸及任何人，純粹表達對聽話者敬意。「おる」除了作為獨立動詞使用外，亦可接在動詞て形之後，此時為「〜ている」的謙讓表現。

▌例文▌

◆ 今日は家におりますから、遊びにいらっしゃい。

　我今天都在家，您過來玩吧。

◆ Ａ：もしもし、美樹ちゃん、お母さんはいらっしゃいますか。

　　喂，美樹，你媽媽在家嗎？

　Ｂ：いいえ、おりません。

　　不，不在。

◆ いつもお世話になっております。

　總是受到您的照顧。

 重要

謙讓語又被細分為「謙讓語Ⅰ」與「謙讓語Ⅱ（丁重語）」，其差別在於「謙讓語Ⅰ」用於自己的行為會直接作用於對方時，藉著貶低自己的動作來表達對對方的敬意；而「謙讓語Ⅱ」用於當無直接動作對象時，謙稱關於自己的事物行為，單純表示對聽話者的敬意，例如：「おる」、「いたす」、「申す」等，「参る」則同時具有「謙讓語Ⅰ」及「謙讓語Ⅱ」的特性，此時需視前後文判斷使用方式。

①謙讓語Ⅰ

◆ 今日はお世話になりました。あしたまた参ります。

　今天受您照顧了。我明天還會再來訪。

②謙讓語Ⅱ

◆ 来月は出張でイギリスに参ります。

　下個月我要到英國出差。

◆ 初めまして、田中と申します。どうぞ、よろしくお願いします。

　您好，我是田中，請多多指教。

◆ この仕事は私がいたしましょう。

　這個工作由我來做吧。

┃実戦問題┃

チャンスがあれば、＿＿＿ ＿＿＿ ＿＿＿ ★ます。

1 日本留学　　　　**2** おり　　　　　**3** と思って　　　　**4** をしたい

131　〜でございます

┃意味┃ 斷定表現（丁寧語）

┃接続┃ 名詞 ╲
　　　　ナ形 ╱ ＋でございます

┃説明┃

「丁寧語」意指將話語以較禮貌的形式來表達，除了先前學過的「です」、「ます」之外，還有「でございます」。其與「です」相同，作為斷定表現使用。常用於工作場合介紹一般事物，或與自己有關的事物上，作為向聽話者表達敬意。若是與聽話者或尊敬的人有關的事物時，表達敬意要使用「〜でいらっしゃる」。

┃例文┃

◆ 客：靴売り場はどこですか。　客人：鞋子賣場在哪裡？
　店員：1階でございます。　店員：在1樓。

◆ おかげさまで、うちの両親は元気でございます。

　托您的福，我父母親身體都很好。

重要

「ございます」也能作為「あります」的禮貌說法使用，使用時不限於說明一般事物或與己方有關的事物，亦可用於與聽話者或尊敬的人有關的事物上。通常是對客人或上司用。

◆ ご用がございましたら、ベルを押してください。　如果有事，請按鈴。

◆ 会場内にはロッカーはございません。　會場內沒有置物櫃。

┃実戦問題┃

社長：次の会議は？

秘書：次の会議は午後3時____ ____ ____ ★。

1 の予定　　　　**2** 大阪支社と　　　　**3** でございます　　　　**4** から

132 ～さ

┃意味┃ …的程度

┃接続┃ ナ形 ┐
イ形い ┘ ＋さ

┃説明┃

接尾語「～さ」用於表示測量出的或感覺上的程度，使用範圍很廣，包含大小、薄厚、深淺、輕重等物體性質或狀態，以及人的高興、悲傷、冷靜等情感表現。使用時接在形容詞語幹之後，使形容詞名詞化。

┃例文┃

◆ にぎやかさではここが一番です。

論熱鬧程度，這裡是第一。

◆ この暑さは普通ではありません。

這不是普通的熱。

◆ 新しい毛布の柔らかさが気持ちいい。

新毛毯的柔軟程度令人舒適。

┃実戦問題┃

その風景の＿★＿ ＿＿ ＿＿ ＿＿のだ。

1 美しさは **2** 表現 **3** できない **4** 言葉で

● 模擬試験 ●

次の文の（　　）に入れるのに最もよいものを、1・2・3・4から一つ選びなさい。

1 両親はまだゲームの（　　）を知らない。
　　1 おもしろさ　　　　**2** おもしろい　　　　**3** おもしろ　　　　**4** おもしろき

2 すみません、ここの担任の先生は（　　）か。
　　1 ございます　　　　　　　　**2** おります
　　3 いらっしゃいます　　　　　**4** まいります

3 初めまして、林と（　　）。
　　1 おっしゃいます　　　　　　**2** 存じます
　　3 致します　　　　　　　　　**4** 申します

4 お仕事は何を（　　）か。
　　1 致します　　　　　　　　　**2** なさっています
　　3 いらっしゃっています　　　**4** おっしゃいます

5 校長先生はいつ（　　）か。
　　1 ご帰宅になります　　　　　**2** お帰宅なります
　　3 ご帰宅します　　　　　　　**4** お帰宅にします

6 あした直接御社に（　　）と思います。
　　1 いらっしゃいたい　　　　　**2** おりたい
　　3 お行きしたい　　　　　　　**4** 伺いたい

7 先程、部長に（　　）。
　　1 お電話になりました　　　　**2** ご電話になりました
　　3 お電話しました　　　　　　**4** ご電話しました

8 お客さん、飲み物は何に（　　）か。

1 なさいます　　　　　　　　　　　2 致します

3 いらっしゃいます　　　　　　　　4 お飲みになります

9 ご協力をよろしく（　　）。

1 ご願いします　　　　　　　　　　2 お願いいたします

3 ご願いになります　　　　　　　　4 お願いになります

10 私は大学で量子力学を（　　）。

1 ご専攻です　　　　　　　　　　　2 お専攻します

3 専攻しております　　　　　　　　4 専攻していらっしゃいます

11 先日、社長からこのような品を（　　）。

1 いただきました　　　　　　　　　2 さしあげました

3 おもらいしました　　　　　　　　4 うかがいました

12 （　　）。こちら、スイーツでございます。

1 お待ちしました　　　　　　　　　2 お待たせいたしました

3 お待ちになりました　　　　　　　4 お待たせになりました

13 お客さん、右側を（　　）ください。富士山が見えますよ。

1 ご覧して　　　　2 ご覧になって　　3 ご拝見して　　　4 ご拝見になって

14 社長、あした会議があることを（　　）か。

1 存じています　　2 ご存知します　　3 存じております　　4 ご存知です

15 先生は何のスポーツをして（　　）か。

1 いらっしゃいます　　　　　　　　2 おります

3 ございます　　　　　　　　　　　4 していただきます

解　答

第1週

✦ 実戦問題

1 **2** (3→2→1→4)
2 **1** (2→4→1→3)
3 **4** (2→1→4→3)
4 **2** (3→4→1→2)
5 **3** (2→4→3→1)
6 **4** (4→2→1→3)
7 **2** (4→1→2→3)
8 **3** (1→3→4→2)
9 **4** (3→4→2→1)
10 **4** (1→4→3→2)
11 **1** (2→1→4→3)

✦ 模擬試験

1 1	2 2	3 3
4 2	5 1	6 4
7 1	8 3	9 4
10 3	11 3	12 3
13 4	14 3	15 1

第2週

✦ 実戦問題

12 **1** (2→1→4→3)
13 **4** (4→2→1→3)
14 **3** (3→1→4→2)
15 **2** (2→4→3→1)
16 **2** (4→3→1→2)
17 **4** (1→3→4→2)
18 **1** (4→2→3→1)
19 **3** (2→4→3→1)
20 **1** (3→2→4→1)
21 **2** (1→4→3→2)
22 **4** (3→1→2→4)

✦ 模擬試験

1 3	2 4	3 2
4 1	5 3	6 4
7 2	8 3	9 3
10 2	11 3	12 1
13 1	14 4	15 3

第3週

⚔ 実戦問題

23　**3**（4→3→1→2）

24　**2**（1→3→4→2）

25　**4**（4→2→3→1）

26　**1**（3→4→2→1）

27　**1**（2→1→4→3）

28　**1**負ければ　**2**建てば

　　3暑ければ　**4**好きならば

29　**4**（1→4→2→3）

30　**3**（2→3→4→1）

31　**2**（2→1→3→4）

32　**2**（1→4→3→2）

33　**3**（3→4→1→2）

⚔ 模擬試験

|1| 4　　　|2| 2　　　|3| 1

|4| 4　　　|5| 3　　　|6| 1

|7| 3　　　|8| 1　　　|9| 4

|10| 2　　　|11| 3　　　|12| 3

|13| 1　　　|14| 1　　　|15| 1

第4週

⚔ 実戦問題

34　**1**（2→3→1→4）

35　**3**（3→2→4→1）

36　**4**（3→2→1→4）

37　**2**（1→3→2→4）

38　**3**（1→4→2→3）

39　**2**（4→1→3→2）

40　**1**（2→3→4→1）

41　**3**（2→1→4→3）

42　**1**走れる　　　**2**選べる

　　3忘れられる　**4**修理できる

43　**2**（3→1→4→2）

44　**1**（3→2→4→1）

⚔ 模擬試験

|1| 3　　　|2| 1　　　|3| 2

|4| 2　　　|5| 1　　　|6| 4

|7| 4　　　|8| 3　　　|9| 1

|10| 3　　　|11| 4　　　|12| 4

|13| 2　　　|14| 3　　　|15| 2

第5週

🔰 実戦問題

45　**4**（3→1→2→4）

46　**2**（2→1→4→3）

47　**1**（4→2→3→1）

48　**1**（3→4→2→1）

49　**3**（1→4→2→3）

50　**2**（4→3→1→2）

51　**1**（2→3→1→4）

52　**4**（1→3→2→4）

53　**3**（1→2→4→3）

54　**2**（3→1→4→2）

55　**1**（2→4→3→1）

🔰 模擬試験

1 4	2 2	3 3
4 1	5 2	6 1
7 1	8 1	9 4
10 3	11 2	12 3
13 4	14 1	15 3

第6週

🔰 実戦問題

56　**3**（4→2→1→3）

57　**2**（2→3→4→1）

58　**2**（3→4→1→2）

59　**1**（2→4→3→1）

60　**4**（1→3→2→4）

61　**4**（1→4→3→2）

62　**2**（3→1→4→2）

63　**3**（3→2→1→4）

64　**4**（2→1→3→4）

65　**3**（4→1→2→3）

66　**3**（2→4→1→3）

🔰 模擬試験

1 2	2 4	3 1
4 1	5 2	6 4
7 4	8 1	9 1
10 4	11 2	12 4
13 3	14 1	15 3

第7週

✦ 実戦問題

67 **1**（2→3→4→1）

68 **3**（1→4→3→2）

69 **3**（2→4→3→1）

70 **1**立て　**2**壊せ　**3**開けろ

　　4掃除しろ／掃除せよ

71 **2**（4→3→1→2）

72 **1**倒そう　　**2**並ぼう

　　3集めよう　**4**練習しよう

73 **3**（4→2→1→3）

74 **3**（4→1→2→3）

75 **4**（1→3→2→4）

76 **4**（3→1→2→4）

77 **1**（2→3→4→1）

✦ 模擬試験

|1| 2　　　|2| 4　　　|3| 1

|4| 3　　　|5| 1　　　|6| 2

|7| 2　　　|8| 2　　　|9| 4

|10| 3　　　|11| 2　　　|12| 4

|13| 4　　　|14| 2　　　|15| 1

第8週

✦ 実戦問題

78 **2**（4→1→2→3）

79 **3**（2→4→1→3）

80 **1**（3→2→4→1）

81 **4**（1→3→2→4）

82 **1**（4→2→3→1）

83 **2**（3→1→4→2）

84 **4**（2→3→1→4）

85 **3**（4→1→3→2）

86 **2**（1→2→4→3）

87 **1**（3→4→1→2）

88 **3**（1→4→2→3）

✦ 模擬試験

|1| 2　　　|2| 2　　　|3| 1

|4| 3　　　|5| 4　　　|6| 1

|7| 1　　　|8| 3　　　|9| 1

|10| 1　　　|11| 2　　　|12| 1

|13| 3　　　|14| 3　　　|15| 4

第 9 週

🏹 実戦問題

89　**2**（1→4→2→3）

90　**1**（4→2→3→1）

91　**3**（2→3→4→1）

92　**3**（2→1→3→4）

93　**2**（3→4→1→2）

94　**3**（1→2→4→3）

95　**2**（3→1→4→2）

96　**4**（1→3→2→4）

97　**1**（4→3→2→1）

98　**1**（2→4→3→1）

99　**3**（4→2→1→3）

🏹 模擬試験

|1| 3　　|2| 2　　|3| 1

|4| 4　　|5| 2　　|6| 1

|7| 1　　|8| 3　　|9| 3

|10| 4　　|11| 3　　|12| 1

|13| 3　　|14| 4　　|15| 4

第 10 週

🏹 実戦問題

100　**4**（3→1→2→4）

101　**2**（4→1→3→2）

102　**1**（3→4→1→2）

103　**1** 入られる　　**2** 待たれる
　　　3 忘れられる　**4** 注意される

104　**1**（2→4→1→3）

105　**4**（1→3→4→2）

106　**1** 笑わせる　　**2** 喜ばせる
　　　3 見させる　　**4** 出張させる

107　**1**（3→2→1→4）

108　**4**（2→3→4→1）

109　**3**（1→4→3→2）

110　**4**（3→1→4→2）

🏹 模擬試験

|1| 1　　|2| 1　　|3| 4

|4| 1　　|5| 2　　|6| 2

|7| 4　　|8| 1　　|9| 4

|10| 2　　|11| 2　　|12| 3

|13| 3　　|14| 2　　|15| 1

第11週

✨ 実戦問題

111 **1** 待たせられる／待たされる

    2 話させられる

    3 開けさせられる

    4 勉強させられる

112 **4** （3 → 1 → 2 → 4）

113 **3** （4 → 2 → 3 → 1）

114 **2** （2 → 4 → 1 → 3）

115 **2** （3 → 1 → 4 → 2）

116 **3** （1 → 4 → 2 → 3）

117 **1** （2 → 3 → 4 → 1）

118 **4** （4 → 2 → 3 → 1）

119 **1** （1 → 3 → 4 → 2）

120 **4** （2 → 1 → 3 → 4）

121 **2** （3 → 4 → 1 → 2）

第12週

✨ 実戦問題

122 **4** （2 → 3 → 4 → 1）

123 **1** （4 → 2 → 3 → 1）

124 **1** おっしゃっている

    2 ご存知ではありません

    3 協力してくださる **4** ご覧になる

125 **3** （2 → 4 → 3 → 1）

126 **4** （2 → 1 → 3 → 4）

127 **4** （1 → 3 → 2 → 4）

128 **1** お願いいたします **2** 参る

    3 教えていただく   **4** いただく

129 **4** （3 → 1 → 2 → 4）

130 **2** （1 → 4 → 3 → 2）

131 **3** （4 → 2 → 1 → 3）

132 **1** （1 → 4 → 2 → 3）

✨ 模擬試験

1	2	2	3	3	3
4	2	5	1	6	2
7	4	8	1	9	4
10	3	11	4	12	1
13	4	14	2	15	1

✨ 模擬試験

1	1	2	3	3	4
4	2	5	1	6	4
7	3	8	1	9	2
10	3	11	1	12	2
13	2	14	4	15	1

附錄　動詞變化

		辞書形	否定形	ます形	て形	た形	条件形
第Ⅰ類		買う	買わない	買います	買って	買った	買えば
		書く	書かない	書きます	書いて	書いた	書けば
		泳ぐ	泳がない	泳ぎます	泳いで	泳いだ	泳げば
		出す	出さない	出します	出して	出した	出せば
		待つ	待たない	待ちます	待って	待った	待てば
		死ぬ	死なない	死にます	死んで	死んだ	死ねば
		呼ぶ	呼ばない	呼びます	呼んで	呼んだ	呼べば
		読む	読まない	読みます	読んで	読んだ	読めば
		乗る	乗らない	乗ります	乗って	乗った	乗れば
		*行く	行かない	行きます	行って	行った	行けば
第Ⅱ類		食べる	食べない	食べます	食べて	食べた	食べれば
		見る	見ない	見ます	見て	見た	見れば
第Ⅲ類		する	しない	します	して	した	すれば
		来る	こない	きます	きて	きた	くれば

可能形	命令形	意向形	受身形	使役形	使役受身形
買える	買え	買おう	買われる	買わせる	買わせられる 買わされる
書ける	書け	書こう	書かれる	書かせる	書かせられる 書かされる
泳げる	泳げ	泳ごう	泳がれる	泳がせる	泳がせられる 泳がされる
出せる	出せ	出そう	出される	出させる	出させられる
待てる	待て	待とう	待たれる	待たせる	待たせられる 待たされる
死ねる	死ね	死のう	死なれる	死なせる	死なせられる 死なされる
呼べる	呼べ	呼ぼう	呼ばれる	呼ばせる	呼ばせられる 呼ばされる
読める	読め	読もう	読まれる	読ませる	読ませられる 読まされる
乗れる	乗れ	乗ろう	乗られる	乗らせる	乗らせられる 乗らされる
行ける	行け	行こう	行かれる	行かせる	行かせられる 行かされる
食べられる	食べろ	食べよう	食べられる	食べさせる	食べさせられる
見られる	見ろ	見よう	見られる	見させる	見させられる
できる	しろ せよ	しよう	される	させる	させられる
こられる	こい	こよう	こられる	こさせる	こさせられる

自動詞・他動詞

自動詞	他動詞	自動詞	他動詞	自動詞	他動詞
開く 開	開ける 打開	止まる 停止	止める 停	起きる 起床；發生	起こす 叫醒；引起
閉まる 關	閉める 關閉	止む 停了	止める 停止；取消	倒れる 倒下	倒す 放倒
掛かる 掛著	掛ける 懸掛	続く 持續	続ける 繼續	落ちる 掉落	落とす 弄掉
決まる 決定	決める 決定	付く 附有	付ける 加上；戴	壊れる 損毀	壊す 弄壞
集まる 聚集	集める 收集；集中	届く 送達	届ける 遞送	直る 修理好	直す 修理
変わる 變	変える 改變	建つ 建	建てる 建	治る 痊癒	治す 治療
見つかる 找到	見つける 尋找	並ぶ 排列	並べる 排列	消える 消失；熄滅	消す 熄滅；關
上がる 上升	上げる 提高	入る 進入	入れる 放入	なくなる 不見；用完	なくす 遺失
下がる 下降	下げる 降低	出る 離開；出發	出す 拿出；扔	残る 殘留	残す 剩
始まる 開始	始める 開始	減る 減少	減らす 減少	通る 通過	通す 穿過
終わる 結束	終える 結束	増える 增加	増やす 增加	流れる 流動	流す 流

自他同形：開く・閉じる・する・やる・言う・吹く・急ぐ・喜ぶ

副詞

狀態副詞：表示人事物的狀態，多用於修飾動詞。		
いつも	經常，總是	表示頻率極高或是無論何時。
よく	很；非常	表示頻率高或是充分地，也可用於強調程度。
ときどき	有時	表示頻率。
まだ	尚未；還	表示還沒到達到狀態，或是指動作、狀態依然持續中。
また	再	表示再次發生。
すぐ	馬上	表示時間間隔非常短暫。
やっと	終於，總算	表示經過一段時間，說話者期待的事情實現了。
やはり	還是；果然	表示最後仍舊，或表示與預期相同的結果，口語用法為「やっぱり」。

程度副詞：表示狀態的程度，多修飾形容詞、形容動詞。		
とても	非常	用於強調程度。
よく	非常；很	用於強調程度，也可表示頻率高或是充分地。
ずいぶん	相當，很	表示強調程度，多用於與親近的人對話時。
すこし	一點，一些	表示程度不多。
もっと	更加	表示加強程度或狀態。
あまり	不太～（否定）	用於否定句，表示程度不高，或是數量不多、頻率不高。

敘述副詞：用於加強敘述的語氣，多與句尾相互呼應。		
きっと	一定（肯定）	表示推測，句尾常搭配「でしょう」一起使用。
けっして	絕（不）（否定）	用於否定句加強否定的語氣，表示強烈的決心。
ぜんぜん	完全～（否定）	用於否定句加強否定的語氣。
たいてい	通常（推測）	表示事情發生的頻率很高。
ぜひ	務必（祈求）	用來表示希望能實現的強烈心情。

索引

若第一個文字為括弧內可省略之文字，則以第二個文字為起始做排序。

参考書籍

日文書籍

✦ 庵功雄・高梨信乃・中西久実子・山田敏宏『初級を教える人のための日本語文法ハンドブック』スリーエーネットワーク

✦ 庵功雄・高梨信乃・中西久実子・山田敏宏『中上級を教える人のための日本語文法ハンドブック』スリーエーネットワーク

✦ グループ・ジャマシイ『教師と学習者のための日本語文型辞典』くろしお出版

✦ 国際交流基金『教師用日本語教育ハンドブック3 文法 I 助詞の諸問題』凡人社

✦ 国際交流基金『教師用日本語教育ハンドブック4 文法 II 助動詞を中心にして』凡人社

✦ 酒入郁子・桜木紀子・佐藤由紀子・中村貴美子『外国人が日本語教師によくする100の質問』バベルプレス

✦ 新屋映子・姫野供子・守屋三千代『日本語教科書の落とし穴』アルク

✦ スリーエーネットワーク『大家的日本語 文法解説書』大新書局

✦ 田中稔子『田中稔子の日本語の文法―教師の疑問に答えます』日本近代文芸社

✦ 友松悦子『どんなときどう使う日本語表現文型200』アルク

✦ 名柄迪・広田紀子・中西家栄子『外国人のための日本語2 形式名詞』荒竹出版

✦ 新美和昭・山浦洋一・宇津野登久子『外国人のための日本語4 複合動詞』荒竹出版

✦ 日本国際教育支援協会・国際交流基金『日本語能力試験 出題基準』凡人社

✦ 蓮沼昭子・有田節子・前田直子『条件表現』くろしお出版

✦ 平林周祐・浜由美子『外国人のための日本語 敬語』荒竹出版

✦ 文化庁『外国人のための基本用語用例辞典(第二版)』鴻儒堂

✦ 益岡隆志・田窪行則『日本語文法セルフマスターシリーズ3 格助詞』くろしお出版

✦ 森田良行『日本語の類義表現』創拓社

✦ 森田良行『基礎日本語辞典』角川書店

✦ 森田良行・松木正恵『NAFL 日本語表現文型 用例中心・複合辞の意味と用法』アルク

中文書籍

✦ 林錦川《日語語法之分析①動詞》文笙書局

✦ 林錦川《日語語法之分析⑤助詞》文笙書局

✦ 楊家源《日語照步走》宇田出版社

✦ 蔡茂豐《現代日語文的口語文法》大新書局

✦ 謝逸朗《明解日本口語語法－助詞篇》文笙書局

新日檢制霸！文法特訓班

永石 繪美、賴建樺　編著
泉 文明　校閱

永石 繪美、黃意婷　編著
泉 文明　校閱

文法速成週計畫
精準掌握語法，輕鬆通過日檢！

★ 利用週計畫複習必考文法　　★ 模擬試題實戰日檢合格
★ 精闢解析協助掌握語法　　　★ 50 音索引方便輕鬆查詢

本書因應新制「日本語能力試驗」範圍，設計考前 12 週學習計畫，集結必考文法，精闢解析語法，結合模擬試題，幫助文法觀念速成。

根掘り葉掘り
生活日語字彙通 / 短句通

永石 繪美
三民日語編輯小組 編著

三民日語編輯小組 編著
永石 繪美 審閱

你絕對需要的生活日語學習書！

同樣是公寓，「アパート」和「マンション」有什麼不同？都譯成屋頂，但「屋上」和「屋根」真的完全一樣嗎？大家可能知道「電腦」的日文是「パソコン」，但「電腦當機」或「電腦跑的速度很慢」要如何表達呢？想要深入了解生活日語字彙，自然說出生活日語，就靠這本書！

國家圖書館出版品預行編目資料

新日檢制霸！N4文法特訓班／溫雅珺,楊惠菁,蘇阿亮
編著.——初版一刷.——臺北市：三民，2022
　　面；　公分.——（JLPT滿分進擊）

　　ISBN 978-957-14-7339-0 （平裝）
　　1. 日語 2. 語法 3. 能力測驗

803.189　　　　　　　　　　　　110018446

JLPT 滿分進擊

新日檢制霸！N4 文法特訓班

編 著 者	溫雅珺　楊惠菁　蘇阿亮
責任編輯	林欣潔
美術編輯	黃顯喬

發 行 人	劉振強
出 版 者	三民書局股份有限公司
地　　址	臺北市復興北路 386 號 (復北門市)
	臺北市重慶南路一段 61 號 (重南門市)
電　　話	(02)25006600
網　　址	三民網路書店 https://www.sanmin.com.tw

出版日期	初版一刷 2022 年 3 月
書籍編號	S860320
I S B N	978-957-14-7339-0

三民書局